文物選粹

荷馬雕像(西元前三世紀左右)。

雅典城中扇形古劇場前排帝王席　(圖中坐者爲羅青)

位於雅典市中心的巴賽農神廟，在阿可波理斯(Acroplis)神廟山之上。阿可波理斯爲古代雅典城堡原址，建於山石之間，建有各種碉堡及神廟，巴賽農神廟爲現存最完整者，所祭祀的主神爲雅典娜。

奧林帕斯山(Olympus) 的鳥瞰圖，這是希臘神話中諸神聚會出沒之所，位於希臘半島之北，古馬其頓(Macedonia) 境內，山高9794英呎，古希臘人稱之爲「天堂」。

雅典市中心，阿可波理斯神廟聖山(Acroplis)側的古代扇形劇場，經常演出荷馬神話及希臘悲劇故事，現在爲觀光客觀賞文化民俗表演之地，表演時間多半在夜間，充滿了聲光之奇，十分引人入勝。

奧德修斯自己綁在船桅上，通過女妖塞倫Sirens的魔歌考驗(西元前四七五年雅提卡陶器圖案)大英博物館藏。

▲ 奧德修斯假扮乞丐(拄拐杖者)回到家鄉，被忠僕老奶媽尤瑞克莉亞認出足上之疤痕。西元前 435 年的陶器圖案畫，巧斯(Chios) 市立美術館藏。

◀ 天帝宙斯與天后赫拉造像，與原始民族之老天爺及地母典型有相似之處，爲西元前620年的石雕作品。

海克特上戰場前與妻子安拙瑪琦及小兒子話別。
馬車上的士兵是海克特的御者。

西元前470年阿富羅黛蒂(Aphrodite，即維娜斯)在海中誕生的浮雕。

阿奇力士與海克特在決戰時，宙斯與赫米斯在天上用天平桿來衡量他們的命運，決定誰勝誰負。

在「奧德塞」中，女妖色喜把奧德修斯的水手們都變成了豬。

（左始）黛安娜、阿富羅黛蒂、巴賽農東面山形牆大理石裝飾雕刻（倫敦大英博物館藏）

德國分析學派的荷馬學者渥爾夫
(Friedrich August Wolf，1759～1824)。

挖掘特洛伊古跡的德國考古學家舒里曼
(Heinrich Schliemann 1822-1890)。

荷馬史詩研究

——詩魂貫古今

羅　青著

修訂版說明

本書原名《詩魂貫古今——荷馬》爲中國時報出版公司「世界歷代經典寶庫」第一套二十册中的第一册。這套叢書原由高信疆先生策劃主持，書出之後各方反應甚佳；如果一切依照計劃的話，全套叢書出齊，當有六十册之鉅。惜後來他因故離開時報，叢書也就沒能繼續出版。本書絕版多時，海內外讀者向隅者甚衆。現蒙時報公司慨允賜還版權，又得空將全書前後稍加整理訂正，多方增補資料，重新分定卷目，交由學生書局重新出版，特書數語，以誌始末。

癸酉秋，羅青於小石園

自序：詩魂貫古今

西洋文化有兩大重要源頭，一是希伯來文化，一是希臘羅馬文化。希伯來文化可以聖經新舊約來代表；希臘羅馬文化則以文、史、哲、法四方面的成就，最爲後人景仰、研究、傳誦。在文學方面，以荷馬史詩的影響最爲巨大，歷兩千六百多年而不衰。

荷馬史詩是貯藏希臘神話的寶庫，歐美文學自羅馬帝國以降，無不受其滋潤營養。歷來所有的文學大師，多多少少都重新處理過荷馬史詩中所蘊涵的神話題材，不斷的賦予新的詮釋，新的時代精神。而史詩的創製，更爲後來西方詩人定下了最崇高的楷模。尤其是在新古典主義時期，作家們都以荷馬爲最佳範本，朝夕頂禮膜拜，不敢稍有疏忽，英國大詩人波普在「論批評」中有言：

研究荷馬，享受荷馬，
白天細讀，晚上回味。

新古典主義詩人尊奉希臘羅馬文學爲典範，認爲文學應模倣自然，而荷馬的作品，正是巨匠模倣自然的最佳模式，後世的作家，只要把荷馬奉爲圭臬，就可傳「自然」之精髓了。於是波普接下來便讚美道：

造化與荷馬同功。

這眞是推崇備至，到了無以復加的地步了。

荷馬的兩部史詩「伊利亞德」與「奧德塞」，流傳至今，幾乎已成了世界文化的共同遺產。一般中國讀者對這兩部史詩的名字，可能還很陌生，但如果講起「木馬屠城記」或「魔海神航記」，那知道的人，可能就多了。奧德修斯設木馬之計攻破特洛伊城，助曼尼勒斯奪回美人海倫的故事，已成了兒童讀物中不可缺少的材料。至於奧德修斯如何在戰後飄流海上，浪遊歷險於大小荒島之間；如何與獨眼巨人大戰，設計脫困於重重危險之外，種種奇遇，生動有趣，可謂老少咸宜，雅俗共賞，算得上是世上最佳的冒險故事。

這些故事，不單二十世紀以前的作家，喜歡拿來重新處理，發揮一番；就是現代的作家也樂此不疲，不斷的賦予新鮮而又現代的意義，或象徵當前的經驗，或暗示人類的未來。古典的材料，在藝術家的筆下，不斷的獲得新生。例如愛爾蘭大小說家喬艾斯的經典名著「尤利西士」（奧德修斯的羅馬式別名），就把奧德修斯在海上的十年航行，轉化成現代人在都柏林城內一日的「航程」，努力探索現代人與現代文化之間的關係。英國大導演肯羅素在他的「Tomy」（中譯「衝破地獄谷」）一片中，把奧德修斯變成了二次大戰後流浪在歐洲的美國軍人，探討戰爭對現代人的影響。美國大導演史丹利·古布里克在一九六七年完成他的經典之作「公元二〇〇一年」，把奧德修斯轉化成太空大戰後流浪太空的太空人，從一個星球到另一個星球，就好像奧德修斯從一個荒島飄流到另一荒島上一樣。在此，最古老的神話，獲得了最現代的新生。

同樣的神話，在中國詩人余光中的筆下，也出現了不同的詮譯。他在「猶力西士」（也就是「尤利西士」）一詩中，把正在美國留學的自己轉化成流浪的奧德修斯，而臺灣，也變成了奧德修斯日夜思念的家鄉旖色佳島了。由此可見，荷馬史詩的「永恆性」，早已突破了國界與時間的界限。

荷馬的史詩，不但是古典文學的瑰寶，同時也是現代文學的靈泉；不但是外國詩人的養份，也可為中國詩人的借鏡，萬古長青，不斷的激發我們的想像力；向外，探索現在、過去、未來；向內，直入我們靈魂的深處，貫穿古今，縱橫天下。

荷馬史詩研究——詩魂貫古今

目錄

修訂版說明
文物選粹
自序：詩魂貫古今
卷第一：荷馬史詩研究　一
一、楔子　三
二、古希臘與新中國　五
三、荷馬問題　一二
四、簡介史詩　二一
五、人神之間　二九
六、伊利亞德　三六
七、奧德塞　五一
結語　六七
卷第二：荷馬詩中的思想與觀念　六九

前言 七一
一．荷馬史詩 七三
二．伊利亞德 一〇一
三．奧德塞 一五六
結語 二二三
卷第三：原典精選 羅青選譯 二二七
之一 奧德塞（卷十九：尤瑞可莉亞老眼識英雄） 二二九
之二 伊利亞德（卷二十二：海克特之死） 二四七
卷第四：推薦書目 二八三
中外名詞對照表 二八九

卷第一：荷馬史詩研究

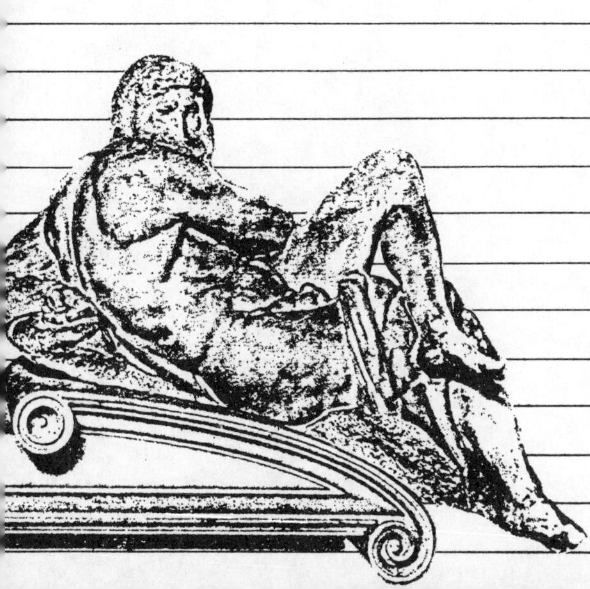

楔子

中國文化近百年來所遭遇到的最大挑戰，便是如何現代化。曾經有一段很長的時間，大家把現代化的問題，簡化成「如何全盤西化」。而在此之前，所謂的「西化」，也多半被簡化成「學習西方的科技」而已。到如今，大家已慢慢體會到，所謂「現代化」，除了要吸收外來文化之外，還要重新認識本土文化，使二者相輔相成，配合時代，不可有所偏廢。而現代化的過程，則是經緯萬端，關節處處，實踐與理論應該隨時對照，過去與現在應該互通有無：文化活動，千變萬化，一點一滴，都要經過相當時間的探索與研究，方可顯其眞義；一花一葉，必須經過十分深入的闡述與比較，方能有所結果。

近代西學進入中國，始於明朝萬曆年間。義大利天主教士利瑪竇（Matteo Ricci）於一五八二年來到廣東，傳佈西學及宗教近三十年，他與其他的天主教士大力推廣譯述，影響深遠，當時號稱「利學」。其學重點，除了宗教外，多在天文曆法，火器算數，物理地理等方面，皆與科技有關，吸引了許多中國的知識分子如徐光啓、李之藻等，熱心研習。例如明天啓間的進士王徵，便曾向鄧玉函（Jean Terenz）問詢西洋奇器，筆記繪圖，成「遠西奇器圖說」三卷，於一六二六年左右出版；同時，他還把自己的心得及發明編成了一卷「新製諸器圖說」，附在書後，一起刊行。由此可見，當時的知識分子，在文化上，還是生氣蓬勃的。他們對外來的文化，尙能迅速吸收轉化，然後努力創新。可惜，一百年後，清世宗雍正，嚴禁西敎（一七二三年），從此西學亦隨之中斷，達百餘年之久。

西元一八四〇年，中英鴉片戰爭爆發；又十七年，有英法聯軍之役；中國知識份子再度開始感覺西學的重要：一八六〇年，清廷總理衙門設同文館，敎授外語及國際公法，其後兼及天文算學；次年，李鴻章於上海設廣方言館，訓練譯書人才。此時研究西學的重點，仍在科技，大家努力學習如何「船堅砲利」，以制西夷。於是外交與國防成了研究西學主要的目的，譯書也以自然科學及應用科學爲主，「自強運動」由是開始。此時的知識份子大多着重實務，以爲只要機器在手，便可救亡圖存。

不料，上述種種努力，在中法之役（一八八三）及中日戰爭（一八九四）中，證明完全失敗。於是，知識份子開始認識到，徒有西方科技之皮毛，不能成事，必須學習西方的政經社會及人文科學，方能走上自強之道。中國翻譯史上的大家嚴復，便是在中日甲午戰後，決心致力於譯述事業，先後譯了多種有關西方思想的書籍如「天演論」、「羣學肆言」、「社會通詮」、「法意」、「原富」、「名學」等書，影響甚巨。在救國方面，知識份子漸漸瞭解到政治改革的重要性。一八九八年光緒「百日維新」失敗後，大家便由溫和改革轉向「軍事革命」，終於導致了一九一一年辛亥起義成功，建立了亞洲第一個民主共和國。

民國成立後，隨即發生袁世凱竊國稱帝，造成南北分裂軍閥割據的局面。此時知識份子才更進一步的意識到，國家如要自立自強走上現代化的道路，必須在文化社會各方面上多管齊下方成，單只是在科技、政治上做改革是不行的。於是許多知識份子紛紛留學西洋東洋，開始研究西方的文史哲學，希望從文化精神方面入手；以求根本改革圖強之道。他們回國後不久，便掀起了有名的「五四新文化運動」。對西方文化更深廣的介紹，由是開始。

二、古希臘與新中國

要瞭解西方近代文化，必先尋其脈絡，溯其源頭，順其枝幹，探其根本。大體說來西方近代文明肇始於希伯來、希臘及拉丁三大文化之滙合，在文藝復興以後，發出燦爛的光芒。希伯來文化的貢獻主要在宗教，拉丁文化在律法，希臘文化則在人文科學。而其中以希臘對近代西洋文明之影響爲最大，舉凡文史哲學及科技、政治、經濟等方面的發展，皆與其有密切的關連。因此，欲研究西方文化以爲中國現代化之借鑑者，必先探討希臘文化之本質，方能有所成果。

近代中國與希臘文化的接觸，始於明朝末葉。利瑪竇來中國後，續有比利時耶穌會教士金尼閣（P. Nicholas Trigault 1577—1628）來華傳教。他曾編寫過一本幫助西方傳教士學習中文的參考書「西儒耳目資」，在華出版，是第一部用羅馬拼音方式來研讀中文的著作。此書近來被語言學家重新發現，認爲是研究當時漢語的寶貴資料，十分重視。

不久，他又與張賡合作，把「伊索寓言」譯成中文，於天啓五年（西元一六二五年），在陝西西安村出版，書名「況義」，共譯得寓言三十一則。此書現今在巴黎圖書館藏有兩部鈔本。「況義」在明代暢銷與否，我們不得而知，但從明代寓言寫作的情形看來，其中說不定有相互因果的關係，亦未可知。

兩百年後，「伊索寓言」又有新譯本問世，取名「意拾蒙引」，於清道光十七年（西元一八三七年）在廣州出版。是書是由英國的湯姆口述，中國的蒙昧先生筆錄，共收入寓言八十一篇，出版之後，風行一時，於三年之間，再版多次。在一八四〇年還出了中英對照本，以便讀者參閱，可謂十分閧動。

光緒十四年（一八八八年），天津時報館，把在該報連載的「伊索寓言」，蒐集成册，印行問世，譯者是赤山畸士張赤山，書名爲「海國妙喩」，成爲「伊索寓言」第三種中譯本。由是可見，當時國人對這些短小精幹，幽默睿智的小故事，是多麼的喜愛。

光緒二十八年（一九〇二年），林琴南與嚴復之子嚴璩，合譯了一册揷圖本的「伊索寓言」，由商務印書館出版，十年之間，重印了十五次之多，使「伊索寓言」這四個字流傳至今，遂爲定譯。以後出現的譯本，多半是白話新譯，目前尚在坊間通行。上述種種版本，多是譯自拉丁文或英文、法文。一直到一九五五年，直接從希臘原文翻譯過來的本子，方才問世，譯者是周作人，原本是Eile Chambry編的，由北京人民文學出版社印行。今年，又有「伊索寓言」的新譯問世，譯者鄭美玫，臺北帕米爾書店出版，根據一六九二年英國報人雷斯特蘭基的譯本（一九六七年紐約多佛公司重印），有美國雕塑家卡爾德的揷圖，是一種通俗的收藏本。

由以上「伊索寓言」的翻譯簡史，我們可以看出中國知識份子對希臘文化的興趣，是要到二十世紀才開始的，而其中要以周作人的貢獻爲最早也最可觀。周作人於民國前六年（一九〇六年）留學日本，開始翻譯歐美小說，兩年後在東京美國教會辦的「立教大學」學古希臘文，慢慢認識到希臘文化之博大精深。他對希臘的研究是從神話入手，然後深入詩文戲劇歷史等部門。在「我的雜學」一文中，周氏力言希臘神話之重要，並引哈理孫女士（Harrison）的話說：「希臘的美術家與詩人的職務，是洗除宗教中的恐怖份子，這是我們對於希臘神話作者最大的負債。」接着又感慨道：「中國人雖然以前對於希臘不曾負有這項債務，現在卻該奮發去分一點過來，因爲這種希臘精神，即使不能起死回生，也有返老還童的力量。」（見「知堂回想錄」第二册，頁六七一—七一六）

希臘神話故事中，反映出濃厚的人本思想：宇宙以人爲中心，諸神以人爲形狀，喜怒哀樂之情，與人類相通，凡此數端，都與周氏的思想，十分契合。他在民國七年發表「人的文學」於「新青年」，同時又發表「平民的文學」一文，（見「藝術與生活」，上海中華書局，民國二十五年。）大力提倡「研究平民生活——人的生活——的文學。」成爲中國新文學運動初期最重要的文獻。由於對人的關切，使得周氏自然而然的對當時男女平等以及兒童福祉方面的問題，特別重視。他寫了許多有關婦女問題的文章，見解平正通達，不斷引證古今中外精闢的看法，以爲註脚，說理清明，議事深刻，即使在今天，也仍然值得細讀。對於兒童的關心，使他後來轉入兒童文學的研究。並認爲神話童話，對小孩子的想像力，有很大的啓發，不宜以迷信視之而予以剷除。

民國初年，新派知識份子多主張信奉科學的人生觀，因此對掃除迷信一事，便大力鼓吹，不遺餘力，從而殃及神話童話。周氏對此，不願苟同，他認爲神話與童話中的故事情節，與迷信無關，其中人物事件變化多端，是生動活潑的民俗遺產，可以豐富一個民族的想像力及創造力，對兒童智力的發展，有益無害。

此外，希臘文學裏的「墓銘」之類的短詩，也引起了周氏的興趣，翻譯引介到中國來。當時正是新詩運動蓬勃展開的階段，周氏本身也是新詩運動中的一員猛將，民國八年還發表了中國自有新詩以來第一首較長的詩「小河」。但不久，他便察覺到新詩以自由詩的型式寫下去，容易落入散漫無章的陷阱。於是便努力翻譯希臘雋永爽健的小詩及日本意味深長的俳句，希望新詩人能從外國的小詩警句之中，得到啓發，從而努力，錬字錬意，以救冗長拖沓之病。民國十年以後，小詩寫作，風行一時，周氏功不可沒。上述幾項在中國新文學初期十分惹人注意的問題，都與周氏的希臘知識有相當密切的關係，值得我們深思。

周作人在民國十年左右，開始寫作介紹希臘神話與傳說，並翻譯希臘詩歌，後來結集入「自己的園地」（民國十三年）出版。此後，他在「雨天的書」（民十四）、「談龍集」（民十五）、「談虎集」（民十六），「永日集」（民十八）、「看雲集」（民二十一）等書中，不斷討論譯介希臘文學，影響甚巨。民國十三年，鄭振鐸開始在「文學」（一一三期）上介紹希臘神話，又在「小說月報」上發表「偉大的希臘詩人——荷馬」及「希臘神話——歐洲藝術的源泉」等文（見「小說月報」第十五卷），後收入「世界文學大綱」一書，於民國十五年出版。

由於周、鄭二氏的鼓吹，有關荷馬及希臘詩的譯介漸漸增多了起來。較爲人所知的有民國十三年王希和編的「荷馬」，列入商務印書館百科小叢書之一。李金髮據法人 P. Louis 所譯之法文本 *Les Chanson De Helleniste* 出版「古希臘戀歌」（民十七，上海開明書店）。接着有謝六逸據日英文資料寫成「伊里亞特的故事」（Iliad Retold）由上海開明書店出版。徐遲試譯了「伊利亞德」的一些段落成「依利阿德選譯」一書，由重慶美學書局出版（後又改爲上海羣益書局出版）。民國二十二年，上海商務印書館隆重推出傅東華「奧德賽」及「依利亞特」全譯本，依分行體例排印，讓讀者可由中文一窺荷馬著作之全貌，功不可沒。不久，上海中華書局推出由高歌譯述的「奧特賽」及「依利亞特」（根據 J. Church 的英文散文體譯本），依小說體例排印，編入學生文藝叢書問世。民國二十九年，朱維基也譯出全本「伊利亞特」，交由現代書局出版。此後，有關荷馬史詩的譯本，大多不出上述的範圍，影印重印者多，重譯新譯者少。

希臘文化對歐洲文明的影響，十分深遠，近代歐洲的典章制度，舉凡政治、科學、哲學、文學、藝術……等，莫不淵源於希臘諸賢。中國知識份子於民國十年左右，開始較普遍的認識到希臘文化在歐洲文明中所扮演的角色。而其中以周作人的醒覺爲最早也最深刻。周氏留學日本之後，愛上日本風物之美，同時也發現，日本文化與希臘文化有許多相似之處，於是便着意留心研究吸收有關希臘的知識。他曾多次爲文，闡釋日本人對美的要求、感受及欣賞的能力與希臘人十分神似，並逕自稱日本爲「東方之小希臘」。同時，他還暗示日本西化之所以能迅速成功，與日本文化中含有相當古希臘文化因子有關。在另一篇文章中，他把二十世紀的希臘與當時的中國相比，認爲兩者都是老大文明，必須更生，而恢復古希臘的人文精神，不失為一劑良藥。

周氏對希臘文明的嚮往，可為當時中國知識分子追求西方文明精髓的代表，意義深刻，方向正確，但廻響卻不大，沒有能夠引發起更進一步的研究與討論。民國肇造，政局不安，中國一直未能迅速強大起來，知識分子謀國心切，引進各種主義思想，莫不希望在短期內，讓國家走上富強之路，一時百家齊鳴，諸說雜陳。大家都希望下猛藥以求近功，高舉反傳統的大旗，一切唯新是務，對學習古希臘之類的西洋古代傳統，興趣不深，也不覺得迫切需要。因此，研究希臘文明的學術及風氣，一直沒有能夠建立起來。

歐美各國，從十九世紀後半期到二十世紀初，因為地下考古的新發現，掀起了一陣研究希臘文化的狂熱。各種書籍大量出現，而周氏在日本留學時，正好趕上了此一熱潮，獲得許多靈感與啓發。二次世界大戰之後，此一熱潮開始消退。時至今日，希臘文化的研究，好像又縮回到學院的象牙塔中去了。

三、荷馬問題

希臘文學始於荷馬的史詩，至於其作品成詩的年代，則衆說紛紜，莫衷一是。

大體上說來，從西元前九世紀到七世紀，三百多年間，是荷馬作品成型的時間。開始的時候，當然是口口相傳，講誦吟唱，是標準的口傳講唱文學，到了後來，方有人筆之於書，記錄下來，其目的仍在方便口頭傳播，並非爲閱讀而設。現在我們所讀到的版本，源自西元前六世紀雅典人的編輯本。其中改動之處不少，加重了雅典在「伊利亞德」中之分量。到了西元前二世紀，亞歷山大大帝時代，在亞歷山大港——當時的學術文化中心——名學者阿里斯塔可斯（Aristarchus of Samothrace）及亞里斯托分尼（Aristophanes of Byzantium）重新將荷馬的作品編輯完成，遂爲定本，流傳至今。

至於荷馬的生平背景，更是人言人殊，衆說紛紜。有人認爲荷馬的希臘文原意爲「說故事者」，故主張兩部史詩爲集體創作，所謂作者云云，純屬子虛，不足採信。也有人認爲，兩部史詩之間，關連處甚多，而各自又爲統一的整體，不可能是集體創作，所謂「荷馬」，必有其人。到目前爲止，傾向於後說者，佔大多數。至於兩部史詩是否爲一人所作，仍有爭論。不過近幾十年來，「二人說」似乎是已佔上風。有關種種荷馬問題的探討，在西方學術界已形成一項傳統，歷史悠久，派別紛紜，號稱「荷馬問題」（Homeric Question）。其間各種學說迭出，相互辯論，筆戰不休，熱鬧非凡。我們或可仿研究「紅樓夢」的「紅學」，譯做「荷馬學」。

荷馬史詩「伊利亞德」，是以特洛伊戰爭爲背景。該戰役的時間，據研究，當在西元前一千兩百年左右。故有關荷馬本人的出生年代，最早可追溯到西元前十二世紀，最晚則在西元前七世紀中葉左右。希臘史學之父希羅多德斯（Herodotus, 500 B.C.）認爲荷馬是西元前九世紀時的遊吟詩人，不失爲一項可靠的折衷看法，從者甚衆。因此一般字典在提及荷馬年代時，大多註明是在1200—850B.C.左右。

到目前爲止，歷來有關荷馬的傳記資料，可考者有八種之多，皆已證明爲後人僞托之作，可信度甚低。其中絕大多數都認爲荷馬是一個盲詩人，以遊吟爲業，浪跡四方，歌唱度日。因此，在古希臘時，有七個大城相繼宣稱，荷馬出生於該地，包括名城雅典（Athens）、阿鈎斯（Argos）以及土耳其西邊的一個小島，名叫巧斯（Chios，現屬希臘）。從地理上看，特洛伊城在土耳其半島的西北角，扼達達尼爾海峽之要衝，距離巧斯島不遠。當時愛琴海地區，航海發達，商業頻繁，兩地來往十分方便，故許多學者認爲，荷馬很有可能是出生於該島的遊吟詩人，其足跡遍及愛琴海沿岸各大城。

除了兩部史詩之外，《鼠蛙之戰》（*Battle of the Frogs and Mice*）及《荷馬頌歌》（*Homeric Hymns*）也都傳說是荷馬的作品。當時有關特洛伊戰爭的小型史詩及歌謠很多，於今大多失傳，僅存片斷，學者稱之爲「史詩連鎖」（Epic Cycl），其中有一些，也被歸於荷馬名下。不過從現在的眼光看來，這些作品都不能算是荷馬的眞蹟。

根據「分析派」的學者（Analytic School）的論點，荷馬史詩的形成期是從西元前十三世紀到九世紀，約有四百多年。到了雅典暴君皮西士屈特斯（Pisistratus, 605?-527B.C.）時代，爲慶祝巴拿斯恩節（panathenaic festivals），下令重編當時各種史詩，以備表演吟唱，方才出現較完備的本子。由此可知，史詩之作，原是由當時許多片斷的材料，重組而成，並非出自一人之手。「分析派」的學說，始於德國古典學者渥爾夫（F.A. Wolf 1759-1824），他在一七九五年發表有關荷馬問題之論文，影響甚大，從者亦夥，遂成一派重鎭，直至二十世紀而不衰。

有許多學者，希望從「伊利亞德」及「奧德塞」這兩部史詩故事的細節中，找出一些有關荷馬身世的蛛絲馬跡，結果毫無所獲，至多只能根據一鱗半爪，揣測一下荷馬所處的時代而已。例如荷馬詩中出現許多次有關獅子的比喻，多半用來形容戰士的勇猛與力量。可是根據考古學家的地下挖掘的資料顯示，荷馬時代是沒有獅子的。對於這一點，近代荷馬史詩權威瑞奧 E. V. Rieu 則大爲反對。他說，荷馬詩中所用的比喻如黃蜂……等等，都是當代人所熟悉的。而用當代人們所知的事物來描寫發展故事，是合理而必然的，荷馬絕對不會用一種大家都不知道的東西來做比喻。因此，他認爲荷馬的年代，應該比一般所謂的西元前八世紀（750 B.C.）還要早兩百年，是一個仍然有獅子在小亞細亞活動的時代。同時這也說明了荷馬的筆法是如何的「非個人」與「客觀」，幾乎完全沒有自傳性的成份滲雜其中。

二次世界大戰以後，新批評學派興起，新的研究方法層出不窮，地下的考古也大有進展，許多學者對史詩的文章結構，感情統一及其他文句、風格……等內在問題，一一加以深入的研究，並動用電腦統計各種句法及套語出現的情形，開始認定兩部史詩是出自一人之手。儘管其中情節有矛盾之處，時代也有一些錯亂的現象，但細察全詩行文語氣、遣辭造句上，有其驚人的一致性，不可能是由多人的作品雜湊而成。特別是「奧德塞」，其故事視野之廣，涵蓋之大，變化之多，均超過「伊利亞德」甚多，然仍能保持其情景首尾相應之一貫，實在難能可貴。作品內容如此的龐雜，而又能呈現出高度的風格統一，眞是非一人莫辦。瑞奧曾在一九五九年爲文指出，一九五二年英國學者凡垂斯（Michael Ventris）發表有關荷馬的論文時，把他以語言學的方法精讀史詩的研究成果公諸於世，解決了許多文句上的問題，成就非凡，開戰後荷馬研究之新紀元。六年後維布斯特教授(T.B.L. Webster)在倫敦出版「從美錫尼到荷馬」（一九五八），細研美錫尼詩歌與荷馬作品之間的關係，成績斐然。於是，瑞奧鄭重宣稱，凡是在一九五二年以前發表荷馬研究論文的人，都不得不重視他們的意見，從而修正自己的看法。而「一人說」便在這些學者的努力之下，奠定了基石。

近年來，有許多學者，從兩部史詩中所反映出來的意識形態及文學性質著手，提出「二人說」的理論。他們運用社會學、語言學、神話學、人類文化學及各種新興的文學批評手法，證明「奧德塞」所反映的時代，較「伊利亞德」爲晚，兩部史詩，當分別爲兩個不同時代的作者所寫。而持「一人說」的，也提出了修正的看法，認爲「伊」詩爲詩人早期的精品，而「奧」詩則爲晚年之作。從年輕一輩的學者如葛瑞分（Jasper Griffin）等人的著作中看來，目前「二人說」較爲流行，其證據與理論都很紮實，易於爲人所接受。

從兩部史詩中所反映的思想看來，荷馬是一個人本主義者。他對人物的性格描寫入微，對事件的發展刻劃生動；同時，更進一步探討行爲的動機，感情的深淺，人物的七情六慾，喜怒哀樂，一一展現在讀者的面前。他所創造出來的重要人物，共有四十多個，各有特色，毫無雷同，而這些人物後來都成了西方文學的共同遺產，不斷的在後世的文學作品中以不同的形式出現。

荷馬描寫人物，刻劃個性，多半通過對話、獨白以及行動事件來表達，很少主動的站出來做抽象或結論式的說明。因此，他筆下的人物，每個人都有他特殊的個人氣質，很少落入固定的模子或公式。此外，無論是神也好，人也罷，都非常的「人性化」，他們用語高貴，談吐文雅，與一般的老百姓的方言俗語，是很不相同的。

從史詩的內容看來，我們可以知道荷馬是一個飽經事故，歷經憂患的藝術家，他對人性尊卑的瞭解，透澈而達鍊；對世事因果的觀察，敏銳而洞明。他看到了人生的歡樂與生命的尊嚴，同時也記錄了其中刻骨的悲劇與永恒的哀傷；他知道帝王將相與販夫走卒，到頭來，終將不免一死，也體會到世間一切努力之徒勞。他在「奧德塞」卷第三，泰勒馬可士出發訪老將奈斯特（Nestor）時，描寫日出之景：

太陽一躍而入蒼穹
照耀着天神也照耀着凡人
那在地上耕作然後死亡的凡人。

詩句之中充滿了尊重與同情，了解與哀憐，平實深厚，動人心弦。

天神在荷馬的眼中，是力量的代表，是宇宙間冥冥中不可知的一股原動力，可以支配人世的一切。因此，他所創造的神，雖然具有人的形體，及七情六慾，但卻完全免除了人世間的痛苦。因爲神不會死亡，所以肉體及精神的折磨與懲罰都變得微不足道，他們日夜宴歡，享樂無窮，絲毫不受倫理道德的束縛。因爲一切對神的懲罰都是無關痛癢的，倫理道德的力量，當然也就無從建立。

對荷馬來說，人只要小心謹愼的對神獻祭，向神祈禱，就應該得神保祐。如不盡心祭祀，則災禍難免，易遭天罰。除了神之外，還有一個介乎神人之間的「命運」，在當中運行。對人來說，「命運」是神的一種；對神來說，有時連大神宙斯也要聽從命運的安排。人對未來的預測，要靠神諭（Oracle）、徵兆（Omen）、夢、預言家……等等方式，而且靈驗無比，鮮有失誤。人死之後，一律依照宗教儀式，火葬掩埋，如不循禮入葬，則靈魂將無所歸而飄流於大地之上，這是絕對不可以的。

荷馬的地獄觀念，十分簡單。人死之後成爲鬼魂，進入地府，成爲一種近乎影子的存在，身裁、衣服、面貌都和陽世無異，只是沒有實質，可以飄浮行動，如得飲黑羊之血，便可對人說話。惡人死後，會在地獄之中，遭到處罰，至於如何用刑，荷馬並沒有詳細的描述。

從史詩中對人的描寫看來，荷馬十分強調「愛多斯」（Aidos）這個觀念：其希臘文的原意是「虔敬」（reverence）與「羞恥」（shame）這兩個觀念的綜合，類似孟子所講的「羞惡之心」。荷馬認爲，就是這種「知恥」之心，防止人們做惡，引導人們向善，而不致於破壞了人間的法律或天神的淸規。此外，荷馬也十分強調另一個觀念，即就是「尼米色絲」（Nemesis），其義爲「正義之怒」，任何人如犯了「自然之法」（也就是不成文法或天神的誡律），例如虐待異鄉的遊子及貧苦無依的乞丐，都會遭天罰的。因此，熱誠待客，便成了荷馬史詩中非常重要的規矩，不可不守。

荷馬詩中的人物，對個人的榮譽，十分重視，不惜以性命相許，如遭侮辱，必思報復。因此報仇，也成了詩中相當重要的主題。阿奇力士爲好友復仇，奧德修斯殺求親者報仇，都成了兩部史詩中最主要的情節與內容。一個是爲朋友，一個是爲家人，可見復仇的範圍相當的大。兒子當然要爲父母復仇，朋友之間也有替對方報仇雪恥的義務。這對以後的西方文化及文學，都有相當的影響。

以上對荷馬的人本主義、宗教觀念及倫理規範做了一個大概的介紹，所根據的，不外乎是兩部史詩中所顯示及反映出來的看法與態度，在此整理出來，以便讀者對荷馬的作品有更進一步的瞭解。至於荷馬本人是否眞的如此認爲，則因文獻資料之不足，而只有暫時存疑了。

四、簡介史詩

《史詩》(*Epic*) 又名《英雄詩》(*Heroic Poem*)，是一種大型長篇敍事詩，其特色如下：㈠內容以敍事爲主，主題嚴肅，風格雄偉 (elevated style)；㈡故事的背景，通常是英雄時代 (Heroic Age)，豪傑四出，列強並起，英雄主角之征伐進退，常關係一個國家或一個民族之成敗存亡；㈢故事多半以戰爭或歷險爲重點，場面浩大，幅員廣濶，上天入地，無所不包，天堂地獄，皆入筆下；㈣史詩的作者，多被視爲佚名，生平事跡，渺不可考；㈤故事之中，人神相互交通，相互影響，或合縱，或連横，引起爭端無數，充滿了神話與傳說；㈥詩行的格律，都很規則，文氣一貫，甚少中斷或分節。其對白多半冗長，描述十分仔細，即使是日常所見之事物，也一一不厭其詳，以大量的靜態形容詞，交待清楚；㈦史詩的主旨多半在娛人，然卻常能達到寓教於樂的目的。

一般說來，史詩可分爲兩種：其一稱之爲「傳統史詩」或「早期史詩」（trraditonal or primary），源自傳說或神話，成型於「英雄時代」，與爭戰建國，開疆拓土之類的主題有密切的關係。「伊利亞德」、「奧德塞」及盎格魯撒克遜民族的「貝奧武夫」（Beowulf），都屬於這一種，其作者的生平，多不可考。其二爲「文人史詩」或「後期史詩」（literary or secondary），皆爲文人模擬「傳統史詩」之作。他們把早期史詩中的許多特色規格化，產生了許多習套，傳諸後世，其中或有損益變化，但大體上還是步武前賢，謹守法統。例如羅馬詩人味吉爾（Virgil 70-19B.C.）模倣荷馬作《伊尼亞德》（*The Aeneid*）；而英國詩人米爾頓（Milton 1608-1674）則模倣味吉爾作《失樂園》（*Paradise Lost*）。此外，還有一些受味吉爾影響的作品，如義大利詩人但丁（Dante 1265-1321）的《功德圓滿》（*Divine Comedy* 一般譯做「神曲」）及英國詩人斯賓塞（Spenser 1552?-1599）的《仙后》（*Faerie Queene*），也稱爲廣義的史詩。

希臘大哲學家亞里斯多德（Aristotle 384-322B.C.）在他的名作《詩學》（*Poetics*）裏認爲，悲劇是文學類型中之最高者，其次爲史詩。到了文藝復興時代，批評家開始把史詩提昇至第一位，成爲西洋文學中之最崇高的文學類型。史詩的作者不但要有豐富的知識及才情，還要能獨出己意，變化創新，充份的掌握住故事的幅度（scope）而不亂，並貫徹其莊嚴雄渾的風格。故西方文學從文藝復興至今，能夠承繼傳統，寫出動人心魄史詩作品的詩人，可謂寥若星辰，三四百年來，值得一讀的史詩作品，不會超過六七部，由此可見史詩創作之難。

史詩創作的成規習套（convention）有許多，最常見的有下列數種。

㈠「中間開始法」（in medias res），這個術語爲羅馬詩人何瑞斯（Horace 65-8B.C.）所創（語出他的《詩論》（*Ars Poetica*）一四八到一四九行），他發現荷馬的史詩，都是從故事的一半或後半部開始講起，然後再在適當的地方，把前情補足。例如「伊利亞德」講十年特洛伊戰爭，故事卻從第九年開始，事件發生的時間，前後不過五十天左右，可謂十分緊湊精簡。這種說故事從中間或結尾最高潮處開始的手法之運用，顯示出荷馬時代的讀者，對特洛伊戰爭，已經耳詳能熟，詩人只要在必要的地方，倒敍一下前因便可，不必從頭到尾的刻板細說一遍。如此一來，他便可以從容鋪陳主題，安排高潮，形容人物，刻劃場景。

(二)「向繆斯求賜靈感」。荷馬在每一部史詩開卷時，總有一段向文藝女神繆斯(Muses)祈求靈感的話，稱之爲「史詩天問」(Epic Question)或「史詩祈禱」(Epic Invocation)，藉此向聽衆或讀者顯示，以下所言，皆乃出自天授，非人力所能及也。此法後來亦成爲史詩作者寫作的習套。

(三)在荷馬史詩中應用最多的習套，就是「史詩名號」(Epic Epithet)。在《伊利亞德》裏就出現了一百八十次之多，在《奧德塞》裏也有四十次。所謂的epithet多半是在人物前面冠上一個形容其特色的修飾詞。例如提到阿奇恩人(Achaeans)便在前面加形容詞「勇敢的」(great-hearted)，就好像《水滸傳》中，提到李逵，必云「黑旋風」；提到吳用，必稱「智多星」一樣。不過，在荷馬手中，這種修飾法，有時也用在人物以外的東西上，如形容「晨曦」(dawn)則必用「初起」(early)，形容「七弦琴」(lyre)，必用「音律美妙」(tuneful)。

「史詩名號」的用法有三：其一是習慣用法，一切人物器具，只要提到了，便冠以相當的名號，並不具有特別的意義。其二是在恰當的場景上運用，以便加強效果。例如阿奇恩人在打勝仗時，於其名稱前面冠上「勇敢的」，便顯得恰到好處，增色不少。其三是在荷馬有意製造反諷效果時用的。例如在阿奇恩人戰敗奔逃之時，還不斷用「勇敢的」去形容他們，便產生出一種諷刺的弦外之音。

㈣史詩作者喜歡列舉一長串的家世名稱來形容詩中的主要角色，此謂之「點將錄」(roll call)。在「伊利亞德」中，交戰雙方在互報姓名時，便常常有長篇文字介紹其家世及手中武器之背景來源。

㈤「史詩明喻」(epic similes)之運用。荷馬十分喜歡用明喻來形容事件。他經常把武士英雄比喻成各種動物，甚至於比成嗜血的蒼蠅，把長矛亂飛的交戰場面，比喻成大自然的現象如飛雪降霜之類的，十分生動活潑。

傳統「史詩」的作者在敍事時，所用的聲音，多半是「公衆」的聲音，有如一個中立的報幕人，幾乎不含有個人好惡的成份在內，故浪漫派大詩人柯爾瑞治（Coleridge 1772-1834）說史詩中的聲音只是「一種聲音而已」(a mere voice)，十分客觀，讀者很難從其中看出作者的態度及想法。「文人史詩」則不然，例如米爾頓就曾在「失樂園」裏，談到自已失明的痛苦；不像味吉爾那樣，嚴守「傳統史詩」的規矩，儘量客觀敍事。依照傳說，荷馬也是個盲詩人，但在他的兩部史詩之中，我們卻找不到任何有關失明的描寫。

近代西方，寫長詩的人仍然不少。但已經不再有像荷馬那樣的萬行巨製了。有些詩，在長度上，或可與正宗史詩一較長短，但在內容上，則往往不再能完全符合詩史的要求。例如英國浪漫派大詩人華次華滋（Wordsworth 1770-1850）在一八〇五年左右完成的長詩《序曲》（*The Prelude*），十四卷，近八千行，主題嚴肅，氣魄恢宏，頗有史詩的樣子。然全篇皆以個人主觀的手法，敍述其成長之過程，與正宗史詩無涉。華氏此詩的計劃，原本龐大驚人，我們看他光是「序曲」就寫了八千行，便可知道全詩將會有多長，如果正文完成，可能成爲詩史上最長的一部作品了。

不過，說也奇怪，近一百多年來，正宗史詩幾乎到了絕跡的地步。詩人偶有所作，也多半中途而廢，無法終篇。於是便有人感覺到，應該爲史詩重新定義，突破以往的成規，使詩人有更大的創作自由，寫出新時代的史詩。其中最熱心的要算是美國詩人龐德（Pound 1885-1972），他認爲所謂史詩，就是包括了史實的詩，其中可以穿插抒情材料，組織結構也不妨化整為零，串成組詩，全篇主旨只要能反映時代即可。美國批評家皮爾士（Roy Harrey Pearce）根據這種新的看法，把惠特曼（Whitman 1819–1892）的《自我之歌》（*Song of Myself*），龐德的《詩章》（*Cantos*），克瑞因（Crane 1899–1932）的《巨橋》（*The Bridge*）及威廉斯（W. C. Williams 1883–1963）的《柏德遜》（*Paterson*）列為美國開國以來的四大史詩。「傳統史詩」的傳統，至此可謂煙消雲散，不復得以延續下去了。（有關史詩的問題，下列有幾本基本的參考書可供研讀：W. P. Ker, *Epic and Romance* (London, 1897); Chadwick, *The Growth of Literature Vol. I* (London, 1932); E. M. W. Tillyard, *The English Epic and Its Background* (London, 1954)。）

中國學者，在二十世紀初期，才對西洋史詩有了一些基本的概念，於是便興起在中國文學史上尋找史詩的念頭。最先提出中國沒有史詩的學者是王國維，其後有許多中外學人都加入此一問題的討論（見「王觀堂先生全集，頁一八四六）。例如美國的漢學家海濤偉（James Robert Hightauser）以及中國學者周作人、錢鍾書、王靖獻等人，都曾在這方面發表議論。有些甚至建議把「詩經」「大雅」中的

「生民」、「公劉」、「緜」等詩，串成一個詩組，當成史詩來看。

一般說來，中國文學中之所以沒有產生像史詩這樣的長篇敍事作品，是因為㈠中國的歷史寫作發達甚早，許多具有史詩潛力的題材，都被史家完整的記錄了下來。㈡中國的散文寫作開始亦早，把敍事詩引入散文的記敍之中去發展了。㈢中國的神話並不發達，故歷代利用神話寫作詩歌的作品不多。㈣中國的抒情詩高度發達，因此詩人長於用詩抒情，而拙於用詩敍事。而在漢朝時所發展出來的韻文散文混合的賦體，基本上也是抒情重於敍事，注重意象的對比及排列，而不注重時間秩序與空間秩序的配合。㈤中國自周朝以降，形成了重文輕武的傳統，歷代歌頌的英雄，多半是像孔子這樣的文化英雄。對於以暴力武力取勝的英雄，並不推崇。因此像項羽之流的武士，便不容易被詩人當做歌頌詠嘆的對象。同時，在詩中發展出的「戰爭省略」手法，也不適合於史詩的寫作。所謂「戰爭省略」法，是指詩人往往只描寫戰爭前及戰爭後，對於其過程則一筆帶過。不像荷馬那樣詳細的描述戰爭中種種殘酷的情景。這種對戰爭描寫採避重就輕的文學技巧，當然也與上述尊重文化英雄的心態有關。

自從民國七年新詩運動開始，中國詩人已能熟練的運用白話文並學習如何控制抒情技巧與敘事手法，使之達到相互平衡的地步。因此敘事長詩開始出現了，例如孫毓棠的「寶馬」，馮至的「北遊」，臧克家的「自己的寫照」、徐志摩的「愛的靈感」，杭約赫的「火燒的城」等等長篇詩作，紛紛出現。當然，其中有一些也只不過是抒情詩的放大，有些根本連「史詩」的邊也沾不上，但是這些實驗，總是一個好的開始，相信不久之後，長篇敘事詩或史詩，也能在中國文學的土壤上，開出美麗的花朵出來。

五、人神之間

希臘神話故事，大多源於荷馬的兩部史詩：「伊利亞德」與「奧德塞」，而整個希臘文學，也發源於此。希臘神話對西洋文化最大的貢獻，是在確定「人」的尊嚴及價值。人是宇宙的重心及中心，甚至連神的形象及行爲，都全部源自於人。我們看荷馬史詩中的神祇，絕少像埃及神話中那種獅身人面或鷹首人身的巨大神像；也無舊約聖經中那種只聞聲音或只顯出一團火光的神秘現象。他們的愛怒喜憎，大多與人類相同，自私愚昧之處，也不多讓；唯一與人不同的地方，就是他們長生不老，神力無窮，完全不受道德的拘束。荷馬認爲神就如「一個年輕人一樣，青春正盛，人見人愛。」因此他筆下的神祉，一個個都以健美的少男少女爲藍本，身裁壯碩，充滿活力。人的地位，在希臘文化中，被提高到前所未有的境界，成爲一切事物的中心。而人體，也就順理成章的被視爲美的化身，受到詩人及藝術家熱烈的歌頌與讚賞。難怪希臘智者（sophist）波達葛拉斯（Protagoras）要宣佈：「人是衡量一切的標準。」

人的地位既然如此重要，其與神的關係，便變得千絲萬縷，錯縱複雜，其間的牽聯，十分荒謬，又合乎理性。在基督教的傳統裏，人是神造的，人的形狀像神，然卻不完美，中間有撒旦做祟，故人不斷的要改善淨化自己，以便死後能夠回歸天神，與之合而爲一。在荷馬的神話世界裏，神的形狀與人類似，他們除了法力無邊、長生不老之外，其他的一切，都以人世的種種爲歸依。而凡人對神的各種作爲，也都抱着諒解容忍的態度，他們知道諸神行事的動機，也瞭解其個性之缺點，更知道神界歡樂，人世苦難，但卻很少有成仙得道的企圖。神人之間，相互來往，卻又界限分明。有些凡人的父親或母親是天神，也有些神具有凡人的血統。有人神，也有神人，但卻都能各安其位，各行其事。

在「伊利亞德」之中，人間的戰爭是希臘聯軍與特洛伊人對抗，天上奧林匹安衆神（Olympians），也紛紛各爲其所愛撐腰，壁壘分明。天后赫拉（Hera），智慧女神雅典娜（Athene），海神波賽登（Poseidon）等是站在希臘人這一邊。愛神阿富羅黛蒂，太陽神阿波羅，戰神阿瑞斯（Ares）及其妹哀瑞絲（Eris），月神阿蒂米絲（Artemis）等，站在特洛伊人這一邊。至於大神宙斯，表面上忽左忽右，保持中立，但實際上卻幫了特洛伊人許多忙。他們高高在上，控制着人類一切的行爲及命運。

在「奧德塞」中，許多神的態度都有了變化，波賽登一反過去，開始與奧德修斯作起對來。不過，作對歸作對，他只能讓奧德修斯在海上四處飄流，卻無法置之於死地。可見神的力量，在此已大大的減弱了，連宙斯在故事一開始，也抱怨了起來，說人類應該爲自己的行爲及後果負責，不要老是把責任推到神身上，怪罪天神處事不公。

由此可知，荷馬描寫諸神的手法十分客觀，既不褒，也不貶，他相信他們，尊重他們，忠實的記錄他們好好壞壞的各種行爲。荷馬從不讓凡人以神的缺失過錯爲藉口，胡做非爲。中古時代的基督教神學家，對希臘神話裏的種種異教神祉，猛烈攻擊，不遺餘力。他們認爲這些異教徒（Pagans）爲了替自己的邪行惡德找藉口，發明了希臘神話中各式各樣的奇怪神祉，並讓他們犯下匪夷所思的罪惡。這種說法顯然是沒有根據的。

事實上，荷馬筆下的人，並沒有那麼急着想變成神，他們對神的生活，雖然羨慕，但到了緊要時刻，仍然依戀人世，不願輕言放棄。例如在「奧德塞」中，奧德修斯被女妖加力騷（Calypso）所困，無法回航與妻小團聚。加力騷力勸奧德修斯留下來陪她，共享神仙生活，可是奧德修斯卻沒有答應。他對故國家園妻子父母，尚有無限懷念，執意要去，最後終於成行，離開了加力騷的仙島，重新面對茫茫不可測的大海。

在希臘人的眼中，最受歡迎的就是女神雅典娜，她高大美麗又端莊，眼光銳利可人，胸甲閃爍生輝，身披羊皮斗篷，手持丈餘長槍，語言便捷，幽默機智，頭腦精明，德行無缺，是爲智慧女神。傳說他是大神宙斯一人所生。一日宙斯頭痛欲裂，不久，腦袋眞的裂了開來，雅典娜從中一躍而出，全幅盔甲，一臉英氣，此後遂成了宙斯最鍾愛的女兒。在希臘傳統中，她又是城市的守護神，可見其出生之晚。一般說來，村落漸多，商業興起，才有城市，而城市發展到一個相當的階段，才會產生城市守護神的。她在衆神中以刁鑽潑辣出名，只有大神宙斯，才能夠使她稍稍收斂。

在「奧德塞」中，雅典娜賜給奧德修斯機智、果斷、勤勞、勇敢……等等美德，沿途襄助，送他回到老家旖色佳，並助他一舉殲滅了所有的敵人。她賜給奧德修斯的太太潘妮羅珮手藝、頭腦、天才……等等各種競爭的能力，把一個家治理的井井有條，對丈夫則貞潔不二，德行不虧。由此可見，在希臘神話中，人與神的關係如果是正常而和協的話，那一切都會順利完美。可惜並非所有的神都像雅典娜，奧德修斯也並非人人可及，因此，人神之間的不合，還是不斷的產生。在力量上，人是絕對無法與神抗爭的。但在智慧上，人卻可以嘲笑神的種種缺失及愚行。於是像普羅米修士(Prometheus)這樣處處爲人類著想的天神便出現了。他不但盜天火給人類，同時還幫助人類與天神談判，以狡計欺騙宙斯，使人類得以佔盡上風。因此，在荷馬史詩中，人與神的關係，是互爲因果，相輔相成的，不像一般宗教中，人總是在神之下，除了服從認命，別無他法。這樣一來，在宗教中佔有重要地位的祭司，便無法發揮其作用了。事實上，荷馬在他的作品裏，根本很少提及祭司。即使偶爾提到，也不表重視。在「奧德塞」中，奧德修斯把求親者統統殲滅後，剩下一個遊吟詩人及祭司跪在面前求饒，結果詩人得以活命，而祭司卻當場處死。

由於對詩人的重視，希臘神話裏充滿了活潑有趣的想像力，用來解釋自然界的種種現象及人類各式各樣的行爲和心理，既是古希臘的宗教與文學，也是當時的「科學」。無可否認的，那些故事中，有時也會透露出一些殘餘的古代野蠻風俗及神秘的巫術魔法思想。但這些因子，多半被淡化了，不再是故事的重點。例如荷馬詩中的奇禽怪獸，多半是爲了烘托英雄武士的勇敢及力量而設，並非強調超自然的神秘恐怖魔法。這一點，我們從荷馬筆下的地獄可以看出。所有在陰間的鬼魂都只是住在另一個世界的居民，並沒有恐嚇侵害凡人的意圖。在「奧德塞」中，奧德修斯曾親訪地獄，荷馬在描寫那些鬼魂時只稱之爲「可憐的死者（the piteous dead），如此而已。

至於天堂，則由大神宙斯統領。諸神整天聚在一起飲食做樂，偶爾亦俯身觀看人間各種苦樂。看到心感神動處，便下凡管上一管，不然就任由人類自生自滅，一點也不表示同情。甚至宙斯自已的兒子在人間被殺，他也只是降下血雨一陣，表示天神的兒子死了，如此而已，毫無悲痛之情。

宙斯本是雲雨之神，手持雷霆，興雲佈雨，威風八面。希臘半島，丘陵多平原少，農業非靠豐沛的雨水不可。於是宙斯便成了衆神之首，號令天下，衆皆從之。

他法力無邊，管天上諸神，也管地下衆生。凡人的命運，全操在他手中，人的道德規範（Moral Code）也歸他掌握，所有的情感與慾望，都與宙斯相連。人在地上必須要遵守宙斯的規矩，例如一定要對乞丐及遠行流浪之人施捨幫助，如不伸出援手，必遭宙斯懲罰。此外，如果傷害或殺死自已的親人，也犯了大罪，必遭宙斯無情的報復。凡人如對神不敬，那也是罪不可赦，必遭天譴。

不過，宙斯的權力雖大，卻仍在命運女神的影響之下，無法超越。命運女神行蹤不定，不時的在宙斯身邊出現。宙斯對她，忌憚三分，不敢怠慢。可見荷馬筆下的神祉，也無法逃過命運的掌握，與人類的情況，相去無幾。

宙斯早期的形象，在正邪之間。在「伊利亞德」之中，他尚有乖戾無常之舉，忽善忽惡，令人難以捉摸。但在「奧德塞」裏，他便完全的變成了正義公理的化身，保護弱者，獎勵善士，懲治惡人。此時，正義女神在宙斯的身旁，也佔有一席之地位了。可見希臘人在觀念中，一直在修正宙斯的形象，使之更能符合當時人們的心理需要。對史詩作者持「二人說」的學者，便常以此來支持他們的論點。

最後，宙斯在克利索托姆（Dio Chrysostom 西元二世紀希臘詩人）的筆下，成了「衆善之泉源，衆生之護衞，救主及天父。」這種追求完美之心，在「奧德塞」中，便已透露端倪。荷馬在《奧》詩中寫道：「天下無人不追求極致（the devine for which all men long）。數百年後，亞里斯多德也寫到：「凡人皆痛下苦功，追求完美（excellence）。」是的，不斷追求人的潛力在各方面都發展到極致完美的地步，是希臘人留給西洋文化最重要的一項遺產，值得我們細細研究體會。

六、伊利亞德

「伊利亞德」（Iliad）希臘文義爲「特洛伊的故事」（Tale of Troy）。特洛伊（Troy）城爲現代的「希撒里克」（Hissarlik），在小亞細亞的西北角，面臨愛琴海，其古代的別名有許多，例如Ilion，Ilios，Ilium 等皆是。此城爲特洛伊第四代國王伊魯士（Ilus）所建，故得名。伊魯士在完成城中大部份的建築後，爲紀念他父親特洛斯（Tros）而爲該城另外取名爲特洛伊（Troy），而城中的人民也就自然而然的被稱之爲特洛伊人（Trojans）。因此，在荷馬詩中特洛伊與伊留畝（Ilium）等名稱，是交互混用的。

特洛伊城的遺址是由德國考古學家舒里曼(Heinrich Schliemann 1822-1890)於一八七三年所發現，他不斷的挖掘，爲荷馬研究提供了許多新資料。他死後，工作由他的助手們繼續，照亮了古代希臘的歷史。此外英國考古學家艾凡斯（Arthur John Evans 1851-1941）從一九〇〇年開始，也努力於希臘文化之挖掘，貢獻很大，成績非凡。一直到二次世界大戰前，有關古希臘的考古工作，方才告一段落。

歷史學家根據地下出土的資料，對愛琴海沿岸的文明有了進一步的瞭解，並名之爲「愛琴文化」，時間是從西元前二千年到一千年之間，其中包括希臘半島（泊羅奔尼撒地區）的克里特（Crete）文明及美錫尼（Mycenee）文明，亞洲大陸（土耳其半島西北角接近達達尼爾海峽處）的特洛伊文明。克里特文明的全盛期大約是在西元前一千八百年至一千五百年之間。此後爲北方侵入的美錫尼文明所取代。一般說來，美錫尼文明始於西元前一千四百年左右，於一一八四年，也就是荷馬史詩中特洛伊城被毀的時候，達到了全盛期。荷馬故事的材料，便是源於這段時期。此時，希臘半島與克里特島及其四周的島嶼，都已相互來往，在文化上形成了一個有共識的團體。美錫尼的工商發達，文藝昌盛，商人遍佈地中海地區，與腓尼基人相互抗衡。後來希臘作家所描寫的那些神話式的英雄武士，都產生於這個時代。可怪的是，美錫尼人的神話雖多，但卻一直沒有形成一種強而有力的宗教，流傳後世。

美錫尼人（荷馬稱之爲「阿奇恩人」Achaens 或「阿鈎斯人」Argos，以下爲行文方便，統稱之爲希臘人）與特洛伊人之間的戰爭，耗時費財，打得雙方精疲力盡，最後美錫尼人雖然獲得表面上的勝利，但實際上卻是兩敗俱傷。美錫尼人因爲連年征戰，民窮亂起，海運一蹶不振，引發一連串的內爭。最後，爲北方南下的多利安人（Dorians）所擊敗。至於特洛伊城，因爲佔據貿易要衝之達達尼爾海峽，爲歷來兵家必爭之地，故其城數度被毀又數度重建。根據考古學者舒里曼的發掘，其舊城遺址，便有七層之多。

「伊利亞德」全篇長一萬五千六百九十三行，主題在描寫希臘大將阿奇力士（Achilles）之「怒」，所謂英雄一怒爲紅顏，沙場百戰萬骨枯，故事中的許多爭端，都是因爲一些絕色美女所引起。

奧林柏斯（Olympus）山上衆神每次聚會宴飲，都不邀請戰神阿瑞斯（Ares）的妹妹哀瑞絲（Eris），因爲她是個搗蛋能手，大家怕請來了掃興。於是哀瑞絲懷恨在心，伺機報復。一日，派留斯王（Peleus）與山林女神色蒂絲（Thetis）結婚大宴（阿奇力士就是他們所生的兒子），哀瑞絲照例沒接到邀請，於是她便設計搗亂，拋扔出一只金蘋果於宴會桌上，說明是給上天「最美麗的」。結果，造成王后赫拉（Hera），智慧女神雅典娜（Athena）與愛神阿富羅黛蒂（Aphrodite）三人相爭的局面。她們請大神宙斯評判，宙斯不敢得罪任何一方，於是便叫她們到特洛伊附近的愛達山（Ida），去問老王普瑞姆（Prium）之子巴瑞斯（Paris）。最後，愛神以凡間最美麗的女子海倫賄賂巴瑞斯，奪得金蘋果，釀成以後無數事端，以至十年干戈爭戰，特洛伊城被毀，殺人盈野，死傷無算。而其中的英雄故事，則長爲後人歌誦流傳。

世間第一美女海倫，乃大神宙斯化身爲天鵝與廷答羅斯王（Tyndareus）的妃子麗達（Leda）所生，是各方王子所追求的對象。廷答羅斯王怕選婿之時，生出意外，遭到落選諸王之聯合圍攻。於是便令角逐者一一宣誓，保證無論是誰雀屏中選，大家都要盡棄前嫌，努力保護此一婚姻不受破壞。之後，斯巴達王阿加曼儂（Agamemnon, King of Sparta或King of Argos）之弟，曼尼勒斯（Menelaus）贏得海倫，結成連理。因此，當巴瑞斯攜海倫私奔回國之後，阿加曼儂興兵討伐，振臂高呼，號召四方豪傑響應。王公名將如奧德修斯、阿奇力士……等，都不得不勉強參與其間，出兵作戰。其實他們心中多半不願管此閒事，均曾千方百計的設法推託。無奈詭計被人視破，又有重誓在先，只好點頭答應。

遠征軍組成之後，大家乘船艦沿愛琴海而行，一路刼掠名城巨埠大小島嶼，在到達特洛伊城之前，各路人馬都搶得了不少財貨美女。到岸之後，大家把船艦用鐵鏈串成一排，登陸紮營，然後跑到特洛伊城外的平原上叫戰。戰爭以步兵爲主，先由大帥駕戰車出陣與敵將單打獨鬪，分出勝負之後，手下部衆方才一湧而上，撕殺起來。當時的人還不懂得圍城之術，故雙方在城前平原上打拉鋸戰，你來我往，互有勝負，一打九年，師老兵疲，曠日耗時。而特洛伊城中的人民，居然能夠照常出城耕作，秋收多藏，整軍應戰；希臘聯軍也經常休息宴飲，狂歡做樂，幾乎分不出平時戰時。

久戰無功，希臘聯軍內部分裂，鬧出了糾紛，原因還是爲了女人。可見紅顏禍水，一直是神話故事的主題之一。反映出戰爭與愛情是人類兩大原始衝動，而荷馬史詩的目的是雙重的：不但描繪譏諷戰爭與愛情之虛幻，同時也點出人類處於兩者之間的永恆矛盾。荷馬的史詩，便是從此處開始。聯軍統帥阿加曼儂擄得太陽神阿波羅的祭司之女克莉西施（Chryseis），視爲禁臠。老祭司奉上贖金，百般哀求，希望他能將女兒賜還，然而慘遭拒絕，阿波羅一怒之下，降災希臘聯軍，於是營中瘟疫大起，士兵病死無算。阿奇力士眼看大事不好，帶頭要求阿加曼儂釋放克莉西施，以息瘟疫之災。阿加曼儂迫於形勢，只好答應。但他心懷怨恨，硬把阿奇力士的俘擄，美女布蕊西絲（Briseis）奪去以爲補償。阿奇力士氣憤非常，回營閉戶，拒不出戰。以至於聯軍在特洛伊大將海克特的攻擊下，節節失利，幾乎鬧到火燒戰船，全軍覆沒的地步。

阿加曼儂此時方寸大亂，派人以重禮厚幣向阿奇力士求和，結果碰壁而還。阿奇力士手下大將佩脫克拉斯，眼見希臘聯軍被殺得傷亡慘重，心有不忍，遂向阿奇力士，商借盔甲武器，請求上陣代戰，不幸先勝後敗，爲海克特所殺。

阿奇力士得訊悲痛萬分，誓爲亡友復仇。他母親色蒂絲見狀，知道無法再阻止他出戰，於是便去求火神爲他打造全新的兵甲盾牌，以便衝鋒陷陣。阿奇力士得到了這一套神奇的兵器，立刻勇猛出戰，所向無敵，與海克特決戰得勝，並以戰車拖着他的屍體，繞城而奔，肆意侮弄，以消心頭大恨。最後，在大神宙斯的命令下，阿奇力士接受了海克特的父王普瑞姆的請求，把屍體奉還下葬。「伊利亞德」的故事至此戛然而止。

整個故事實際所涵蓋的時間，前後不過五十天左右，可謂十分緊湊精簡。這種說故事從中間或從結尾最高潮部份開始講起的手法，羅馬詩人何瑞斯稱之爲「中間開始法」。「中間開始法」的運用，顯示出荷馬時代的讀者，對特洛伊戰爭的故事，已經耳熟能詳。詩人只要在適當的地方，倒敍一下前因便可，不必把故事從頭到尾的細說一遍。如此一來，他便可以從容鋪陳高潮，形容人物。有許多學者指出，荷馬史詩的寫法，與希臘戲劇有切密的關係。因爲戲劇受了舞台的限制，也無法搬演故事的全部過程。劇作家必須精簡事件，挑選最具意義的關節，做完整而深入的挖掘及表現。因此，觀衆事前對故事知道個大概，不但無妨，反而有助於進一步的欣賞作者獨創之處。有些學者認爲，荷馬史詩的這種寫法，實開希臘戲劇之先河，對後世的劇作家，影響甚大。E.V. 瑞奥甚至說，荷馬發明了希臘「劇場」。

「伊利亞德」故事的氣氛肅殺，情調悲壯，充滿了悲劇精神。阿奇力士爲友復仇，殺死敵方大將海克特。然荷馬並沒有把他當做勝利者來描寫，反而在描寫勝利的過程中，暗示他日後終將不免一死，下場與他的手下敗將並無不同。而海克特在故事中，也是一個充滿悲劇性格的英雄。他明知必定戰死，但卻不願逃避。寧可壯烈死於敵人之手，而不願苟且偷生於懦夫之間，爲凡夫俗子所笑。因此，許多學者認爲，「伊利亞德」爲希臘最早的悲劇，不但確定了日後希臘劇場悲劇的原型，同時也啓發了整個西洋文學的悲劇傳統。

我前面提到過，希臘大哲學家亞里斯多德認爲，悲劇是文學類型中之最高者，其次爲史詩。到了文藝復興時代，批評家開始把史詩提昇至第一位，可見二者關係之密切。根據亞氏的學說，我們可以發現詩史與悲劇的相似點如下：㈠悲劇的主題嚴肅，風格高尚；㈡主角爲英雄與貴族人物，多半身繫一國之安危，而非一般市井小民。㈢悲劇的主角並非十惡不赦的罪人，其所以弄得身敗名裂，皆因其本身擁有「悲劇性的缺失」（tragic flaw），希臘文稱之爲「hamartia」，其意爲「悲劇的過失及悲劇性的判斷」。對希臘劇作家來說，「悲劇性的缺失」中，最重要的一點，便是「hubris」：其意爲過份自傲或過份自信，以致於無視於上天的警告，觸犯道德律法。阿奇力士與海克特兩人的悲劇，都可說是導源於此。從這個角度看來，稱荷馬史詩爲希臘悲劇的源頭，可謂十分恰當。他選擇特洛伊戰爭中的一段，注入悲劇精神，使其完整而又統一，發揮出無比的力量，眞是達到了動人心弦，攝人魂魄的地步。

在寫作技巧上來說，荷馬與希臘劇作家也有許多相通之處。荷馬不在乎聽衆讀者預先知道故事的結局。有時，他還會親自指出未來將發生的種種，並對目前的事件做一番論述。這種手法學者稱之爲「秘密旁白」（confidential asides）與戲劇中的「旁白」或「獨白」有異曲同工之妙。例如在「伊利亞德」卷第十，海克特答應大將多倫（Dolon），將來戰勝之後，把阿奇士力的戰車戰馬賜給他。荷馬在此揷了一段他自己的話，說後來事與願違，海克特的諾言，無從實現。這種過去、現在與未來交織而出的手法，使全篇瀰漫着一種近乎宿命論的悲劇情調，讓人讀來，爲之慨嘆不已。

還有一個荷馬常用的手法，就是所謂的「情節延遲法」（delayed action），故事剛一開始時，他就讓主角從舞台上消失，一直到全篇的戲劇氣氛經營得差不多了，才再讓主角出現。在「伊利亞德」中，主角阿奇力士一怒而退，拒絕出戰，結果希臘聯軍一蹶不振，連連慘敗。讀者此時，無不焦急的等待阿奇力士復出，挽救頹勢。同樣的，在「奥德塞」中，荷馬一開始提了一下奥德修斯，便轉而描寫他的兒子泰勒馬可士如何到處找他，增加了讀者的期盼之心。到了第五卷，奥德修斯雖然出現了，但卻不斷的倒敍過去的種種，一直到卷八，才回到現場，使故事繼續進行。兩部史詩都於卷二十二，達到高潮，一方面是海克特被阿奇力士所殺，另一方面是奧德修斯殲滅了所有不懷好意的求親者。可見兩部史詩在結構上，相似之處頗多。持史詩作者「一人說」（例如瑞奧），便以此爲重要的證據之一，斷定兩部史詩爲一人所作。可是持「二人說」的，卻也可據此，明說「奧德塞」是受「伊利亞德」的影響而寫成的。

荷馬在敍事的時候，常常於嚴肅中帶有幽默，能夠以崇高之筆，描寫人間壯烈之戰事，也能夠以輕鬆之調，諷刺天上衆神之糗事。他尊重他筆下所創造出來的人物，但也不忘點出他們的弱點。在情節氣氛凝重慘烈時，他往往會來上一點「喜劇」，緩和調劑一下。通常是在人間的戰爭告一段落之後，便轉而描寫天上的趣事。內容多半是衆神相聚，忽見火神跛行而來，大家便縱聲大笑，樂不可支。學者稱這種情節爲「荷馬式的笑料」（Homeric laughter），認爲這種「笑話」多半是浮淺而外在的，與眞正的幽默相去甚遠。後來「荷馬式的笑料」一語，便成了「縱聲大笑，不知抑制」的代名詞。

瑞奧對這種看法，不敢苟同。他認爲此處荷馬不是在講「笑話」給別人聽，他只是描寫諸神見到跛足火神的反應而已。與其說荷馬品味不佳，不如說諸神趣味浮淺，缺乏同情之心。荷馬眞正幽默的地方，原不在此處。不過，上述種種笑鬧戲謔的場面，只有在諸神聚會之時，才會發生。平常神祉降臨人間時，面目多半莊嚴肅穆，不苟言笑。除了極特殊的情況外，天神的一擧一動，都是令凡人旣敬且畏的。

荷馬可說是希臘第一個「神學家」，所有的神話故事，都源於他的兩部史詩。他把天上諸神寫得値得凡人崇拜，但也不放過可以嘲笑他們的機會。他最喜歡開戰神的玩笑，把他弄的灰頭土臉的。例如有一次，他就讓戰神與愛神偸情，結果被愛神的丈夫──旣醜怪又跛脚的火神，給逮了個正著。他們兩個當場雙雙在火神所打造的機關床上被網住，動彈不得，在諸神面前，大丟面子。可見荷馬對戰爭是沒有什麼好感的。他描寫戰爭殺伐之慘烈，英雄武士之勇敢，都暗含哀矜勿喜的態度，絕無歌頌戰爭、讚美暴力的意思。

荷馬對凡人的缺失及可笑之處，也看得非常淸楚，但卻沒有用諷嘲諸神的那種筆法來戲謔凡人，僅用輕快的筆調，點到爲止。有時，他會藉戰士之口，講出一些粗陋的笑話，用以緩和氣氛。英國批評家利浮博士（Dr. Leaf）對此頗不以爲然，認爲是「野蠻幽默」（savage humour）。不過，戰士在刼後餘生之時，講一些不太雅馴的笑話，放鬆緊張的心情，原本是很正常的，要那些武夫口吐高級幽默，未免迂濶了些。由此可見，荷馬寫實的手段，是相當高明的。

荷馬的「寫實」，有別於十九世紀的「寫實主義」（realism），他寫的是一種「理想而高超的現實」（ideal and higher reality）或「最高的現實」（super-reality）。筆法清晰準確幾近透明。例如他寫阿奇力士，既呈現出一個活生生的特殊個性，同時也刻劃出一個代表此種個性的最高典範，在凡間根本不可能存在。這種觀念正好與希臘哲學家柏拉圖的「理式」（idea）觀念相契合。柏拉圖認爲具體的椅子，只是現象界的一個特例，不久就會消失，而永恆的椅子，則是「椅子」本身這種「觀念」（idea），而這種觀念是一種「理想的形式」（ideal form），是所有個別「椅子」的來源。不同的木匠，依着這共同最高的「理式」，在各個不同的時代、環境、場合，製做各種不同的椅子。荷馬受天上繆斯（Muse）的啓示，能得萬事萬物最高的「理式」，形諸於語言文字，比「木匠」，當然高上一等。因此，在兩部史詩當中，我們可以發現，詩人用的是全知觀點，把他筆下人物的外在行爲與內在思想，甚至於臨死前的獨白，都一一刻劃了下來。

我們不知道這種「寫實」的手法，是在荷馬之前就已發展完成，或是荷馬自己的獨創。不過，無論如何，荷馬是第一個將這種手法完整又藝術的呈現了出來，這在古代文學中，簡直是一項不可思議的奇蹟。上述這種天啓式的寫實技巧，也反映在有關動物的描寫之中。荷馬除了常把交戰的勇士比喻成獅子之類的猛獸外，也屢次將之比喻成蒼蠅或黃蜂，可見他在創作時，只注重效果是否貼切，而不在乎所選意象之大小。所有的生物，在他眼中，都獲得相同的尊重。在「伊利亞德」第十六卷中，我們可以看見凡馬與天馬並駕齊驅；在卷十九中，一隻天馬還對他的主人阿奇力士說出一番預言的話來，警告他大難卽將臨頭了。此時，阿奇力士滿腔復仇怒火，哪裏聽得進去。而復仇女神們 (Furies) 也連忙趕來，把天馬打成啞巴，讓阿奇力士駕着奔上戰場。

阿奇力士的悲劇，源於他的力量、自信與自傲 (hubris)。因此，他無法聽從任何勸告，一意孤行，就是見了棺材，也絕不掉淚。他的力量，正好是他的弱點。他的高貴品性，結果卻被誤用在不算高貴的目的上，尤其是在自尊被阿加曼儂刺傷後，他變得十分偏執，不可理喩，行事乖張殘忍，怒氣冤氣沖天，一直到他把海克特殺死，還屍老王普瑞姆後，他胸中的不平才稍稍緩和了下來。而荷馬的故事，也到此戛然而止。從其他史詩的敍述裏，我們知道，後來阿奇力士，竟然死在懦弱無能的花花公子巴瑞斯的手下。阿奇力士渾身上下刀槍不入，只有脚跟處有一弱點，碰觸不得。巴瑞斯在城上放出冷箭，箭的勁道衰落後，掉了下來，無巧不巧，射入了阿奇力士的脚跟。一代英雄，竟然死得如此的可笑荒唐，其象徵及諷刺的意義，可謂不言而喻了。

「伊利亞德」是純粹屬於男人的，而男人在詩中主要的事業就是戰爭。女人在其中，僅佔從屬地位，命運要靠戰爭的結果而定。荷馬描寫戰爭的筆法冷肅而絕不濫情，準確而觸目驚心。他仔細刻劃長槍如何刺穿喉嚨，有如魚鈎釣魚，明喻貼切，意義豐繁，把一個活生生的大將，變成了一條被釣在鈎上翻騰的小魚。失敗者的人性尊嚴，在這個比喻下，立刻完全喪失了。荷馬詩中，充滿了這種兩極性的對比：一方面寫出戰爭的殘酷愚昧；另一方面，又在比喻中讓人感受到一種「可怖的美」(terrible beauty)。讀者對死亡的細節描寫，感到可怕可厭之餘，又會激起一種莫名的興奮，產生了欲拒還迎的矛盾心理。

把戰爭看得太醜惡而不予正視，與過份美化戰爭而努力消除其中的恐怖成分，是一樣的作做矯情。荷馬深知人性深處，常常潛藏着「暴力」的傾向，他以不偏不倚的態度，公正寫來，正好搔到癢處，十分引人入勝。阿奇力士是荷馬筆下的暴力之神，他不是與敵人作戰，便是與自已作戰，戰爭是他的一切。他拒絕出戰的結果是朋友遭難，聯軍兵敗，而最後他自己也得賠上生命。如果他出戰了，結果仍是一樣。

在「伊利亞德」裏，與阿奇力士相反的人物是特洛伊王子海克特。他愛護妻子又効忠國家，嚮往和平而不畏懼戰爭。從某些方面看來，他與「奧德塞」中的奧德修斯，在性格上十分相似。他知道戰爭打下去，他必會陣亡，但他卻沒有逃避責任，苟且偷生。他甚至對惹起戰爭的海倫，都沒有惡言相向過。海克特出現時的背景，永遠是文明有禮的，不是神廟宮殿，便是城市家庭。而阿奇力士的背景，則總是海邊軍營，戰車槍馬。

在海克特被阿奇力士殺死後，我們一方面同情前者，一方面也可憐後者。因爲阿奇力士一怒，不但爲他人帶來了死亡，同時也爲自己種下了禍根。海克特爲了保衞國家，追求和平而犧牲。阿奇力士在殺了海克特以後，見到海的父親老王普瑞姆，想起自己的雙親，心中一軟，放了對方一馬。這顯示出阿奇力士也有追求和平之心。在故事開始的時候，阿加曼儂曾試探軍心，宣佈願意回家的可以請便。一時之間，軍中大亂，大家爭先恐後的起錨回航，弄得阿加曼儂不得不收回成命。可見，所有參戰的兵士，骨子裏都是愛好和平，痛恨戰爭的。

這種和平與戰爭、創造與摧毀的兩極現象，在火神爲阿奇力士打造的盾牌上，可以看得最清楚。那面圓圓的金屬擋箭牌上，一面刻的是和平、豐收、結婚的景象，一面刻的是戰爭、死亡、圍城的場面。其間，有辛勤工作的農人，有歡樂跳舞的青年，有攻城的兵士，也有打獵的獅子。在盾牌的最外圍，是由「大海之河」（the Ocean Stream）圍繞。那河流是活人與死者，陽間與陰間，已知世界與未知世界的分界線。

這面盾牌，實在是「伊利亞德」全詩主旨的具體象徵。阿奇力士「悲劇性的憤怒與暴力」，在和平與戰爭之間，來回擺動，造成了海克特，他自己，以及無數的生命由陽世轉入陰間，使千載之後的世世代代，讀罷爲之感慨不已。

七、奧德塞

「奧德塞」是講述希臘英雄奧德修斯，在特洛伊戰爭後，回航時所經歷的冒險故事。奧氏的水手在啓程時，得罪了海神，因此全船被罰在海上飄流，將近十年之久，方才得以回到老家旖色佳。途中他們經過許多奇異的島嶼，山精妖女，巨人海怪，不斷出現，讓讀者目不暇給，過癮非常。論者以爲，全詩敍事精整流暢，佈局巧妙，行文嫻熟，可謂西方世界中第一部小說。其中精彩的倒敍（flash back），戲劇性的高潮，各種人物的穿插，都已達到相當高的藝術水準與控制，風格前後統一，筆法首尾一貫，確乎像是出於一人之口，成於一人之手。

「伊利亞德」是戲劇，是古典的悲劇，「奧德塞」是小說，是浪漫的喜劇，兩者在氣氛，主題上，大不相同。「伊利亞德」中的神話故事，反映了美錫尼文化的尾聲，充滿了悲傷悼亡之情。「奧德塞」則是各式各樣民間故事的總集會，充滿了浪漫傳奇，大約是把愛琴海沿岸及大小島嶼上的神話與傳說全都搜羅了過來，然後再由作者一一修正，並以奧德修斯爲主角，統領全書。

像這樣的英雄冒險故事，希臘神話中比比皆是。例如希臘半島上另一個神話英雄赫瑞九力士（Heracles），也經歷過許多冒險故事。這些故事本來都是各自在不同的地方流傳，後來慢慢滙聚在一起，經過許多變化修改，以赫瑞九力士爲主線，貫穿全局，成爲一個故事。可惜與「奧德塞」比起來，在筆法、結構……等各方面，都不能相提並論，原因無他，缺少一位「荷馬」這樣的高手，以藝術化的手法將之重新處理編訂也。因此該書被譽爲「第一部完整呈現西方心靈的文學作品」。

「伊利亞德」的氣氛肅殺凝重，眞可謂達到風雲爲之變色，草木爲之含悲的地步。其中雖然偶爾穿插輕鬆場面，但全篇主旨在淚不在笑，在悲不在喜，整個故事，好像是發生在奧林柏斯山頂，冰雪一片，寒風陣陣，接近神界。「奧德塞」則不然，所有的故事，似乎都發生在奧林柏斯山脚下，充滿了無憂無慮的浪遊氣氛及異國情調。其中雖有奧德修斯探訪地獄，以求預知未來的穿插，但卻絲毫沒有陰森恐怖之感。衆「死者」全來爭飲羊血，害得奧德修斯還要拔出劍來維持秩序。此時，阿奇力士與大將阿哲克斯（Ajax）也出現了，他們雜在衆「死者」當中，不再有領袖羣倫的英雄氣慨。阿奇力士甚至說出好死不如賴活着的話來，寧願在世爲奴，也不願死爲鬼雄或鬼王（King of all these dead）。「伊利亞德」裏的蓋世英雄，在「奧德塞」變成了尋常武士。可見前者是屬於莊嚴肅穆的，後者是屬於通俗趣味的。不過在筆法及態度上，兩部史詩都表現出相當一致的貴族觀點，平民在荷馬筆下是無地位的。

上述論點，在死亡之描寫中，更可說明。在「伊利亞德」裏，連一匹戰馬的死，都寫得壯烈非常，十分動人。但在《奧德塞》中，死亡變得微不足道。奧德修斯在地獄中遇到的第一個「死者」竟是以前的部下愛耳潘諾（Elpenor），此人曾被女妖色喜（Circe）變成肥猪，後又因躺在屋頂上睡覺，不小心摔了下來，一命嗚呼。這樣一個丑角式的人物，卻被安排在衆「死者」之首，第一個得見奧德修斯。奧德修斯回家後，設計誘殺衆求親者，更是輕而易舉，如除草芥，毫無悲慘壯烈的氣氛。

《奧德塞》是西方文學傳統中，王子或英雄在海上陸上冒險浪遊的原型，這也就是所謂的「追尋冒險故事」Quest，其目的在追求人生意義。該書前十二卷寫海上歷險，後十二卷寫陸上歷險，皆能極盡變化之能事，精彩生動，引人入勝。在希臘人的觀念中，英雄要在各種冒險中，才能完成自我訓練，說明自己的能力膽識，贏得當世以及後世的尊重與懷念。基本上「奧德塞」中的英雄保有了「伊利亞德」中英雄的美德，諸如重視個人的光榮、名譽及面子，重視武力及勇氣之發揮，對朋友講道義，對部屬以寬厚，對長官則絕對効忠等等；同時，還加上了，要對家庭及人民負責的責任感，對年長的人尊敬，對年青的人愛護，對客人、窮人及異邦人要友善的接待等等武功以外的美德。

「奧德塞」還顯示出，對個人財產的保護及個人人格的尊重。鐵器的大量使用，暗示了在技術方面的進步。（「伊利亞德」裏的武器，多半是青銅打造的。）

此外，貴族王侯勢力的興起，與中央集權的衰弱，也可從奧德修斯奪回王位的過程中看出。阿加曼儂的時代，已經一去不返了。在宗教方面，天神變得更合理，更有正義感，不再濫用暴力，或過份干涉人事。而在人間，純以武力取勝的時代，也已過去，代而起之的是武力與謀略並重的思想。阿奇力士之類的角色不見了，足智多謀的奧德修斯，成了主角。他能夠忍辱負重，做所有阿奇力士不能也不願做的，以求生存。因此老成持重的奈斯特，受到了重視，年輕力壯的，多半被描寫成經驗不足，有待訓練。可見「奧德塞」的作者，在人生態度上，漸趨圓熟保守，敬老尊賢，成了年輕人應當學習的品行。

在「伊利亞德」中，阿奇力士身體健美，儀表出衆，氣質高貴，家世不凡。父親是國王，母親是天神，而他自己，則是神人的結晶，武功蓋世，集衆美於一身，令人欣羡不已。奧德修斯則沒有這些得天獨厚的條件，比較起來，他十分接近普通人，身裁短小精壯，歲數已入中年，青春不再，貌不驚人。他站在人羣中，毫不起眼，但一旦說起話來，卻又精彩萬分，動人之至，思想敏銳，字句妥貼，舉座爲之傾服，而忘卻其外貌上的短處。他遇事能忍則忍，但如果是有關名譽榮辱之事，他也會挺身而出，無懼死亡。

他有高超的語言天才，無論是對少女公主如諾西卡，或是獨眼巨人塞苦勞撲，他都可以應對得體，知言能言，妙語天下，無人能及。他能力高超，精力充沛，智勇兼備，狡黠異常，故能安然渡過各種天降磨難，順利擊破層層人間奸計。不過，智者千慮必有一失，他有時也會因得意忘形，或過份好奇，不幸大意失察，犯下錯誤，惹來不必要的災禍。所幸，這些亂子都不太大，他也能即時改正自己的錯誤，全身而退。他的缺點，使他更接近眞實的人生，顯得分外迷人。

奧德修斯從來不犯天神所訂的清規誡律，許多災難都是他的手下惹來的。他對加力騷的神仙生活，也不太嚮往。在與她同居八年之後，毅然決定返航回家，這似乎是中年人的特色，而奧德修斯就是這類人物的典型。當他祝福小公主諾西卡時（見卷第六），他說出了他對妻子潘妮羅珮的思念與愛戀之情：

希望上蒼能讓妳如願以償：
賜給妳一個丈夫，一個家，兩人能夠一心一德，
這是最好不過的禮物了。

在各方面說來，奧德修斯與阿奇力士都是兩個不相容的極端，一個全力求生，一個

視死如歸，一個以喜劇收場，一個以悲戲結束。後者從來就不顧家，拋妻別子，全心放在戰爭之上，與前者實有天淵之別。

在寫作方面，《奧德塞》的佈局結構，要比「伊利亞德」來得複雜得多，前後統一，首尾相應。在句法筆法上，以抽象名詞爲主的推演申論也增加了許多，顯示出聽衆或讀者的品味及程度，有了提升及變化。全篇刻意經營出一種浪漫魔法的世界，似眞似幻，通俗討喜。而結果，正義得以伸張，壞人全都處決，開「公理戰勝邪惡(poetic justice)」的文學模式之先河。

《奧德塞》一開始，就有一段宙斯對希臘主帥阿加曼儂的悲劇之批評。阿加曼儂在興軍攻打特洛伊城時，遭遇天災，他不惜以自己的女兒爲犧牲，殺之祭神，以換取大軍順利起錨出征。其妻克萊特母妮絲屈(Clytemnestra)在特洛伊十年大戰之間，另結新歡，並趁他勝利班師回朝之時，與奸夫設計將之謀害。後來，阿加曼儂的小兒子奧瑞斯特斯(Orestes)在姐姐伊蕾克特拉(Electra)的鼓動下，終於狠下心腸，手刃姦夫及親生母親，爲父報仇，釀下了一場驚心動魄的大悲劇。宙斯評述此事，正好可與奧德修斯的故事對照。潘妮羅珮，謹守貞潔，一直在家中與各方的求親者周旋應付，保國育子，孝順公公，等待夫君回來。皇天不負苦心人，奧德修斯終於大難不死，安然返家，大敗衆求親者，使一家得以再度團圓。

荷馬在兩部史詩中，多用客觀描寫的手法，陳述事件，對人物的道德，甚少加以品評。英雄的條件，並不包括私行私德高尙淸白，家庭生活嚴謹自律……等等項目。可是從兩部史詩看來，家庭生活之正常圓滿，實是天下太平的基礎，整個特洛伊戰爭，便是因爲美女海倫（克萊特母妮絲屈之妹）不守婦道而引起的，千萬人頭，於是落地，英雄豪傑，死傷無算。荷馬看出了這一點，也寫出了這一點，不過他卻沒有借題發揮，生出一種「紅顏禍水」或「傾國傾城」的論調。

「伊利亞德」全書之中，對海倫無一字褒貶。他只讓海倫在戰事方酣之時，出現城頭，衆將士一見之下，驚呆了。大家相互嘆道，爲如此美麗的女子打仗，死不足惜。可見在荷馬眼中，美是超乎道德的，爲美而死，是正當而値得的。這就是爲什麼，在特洛伊城被夷爲平地後，獨海倫得以安然無恙，隨夫君曼尼勒斯，安然回老家享受榮華富貴去了。這故事要發生在中國，一定會落入「宛轉峨眉馬前死」的下場。由是可知，荷馬對女人，對美，都是旣寬大又尊重的。

在《奧德塞》中，泰勒馬可士去訪問曼尼勒斯，探聽父親的下落，海倫知道了，出來歡迎他（見卷第四《曼尼勒絲與海倫》）。衆人見了她，並無批評或咒罵之心，而她自己在言辭之間，亦無懺悔羞愧之意。凡此種種，都顯示出希臘人對個人道德的尺度，與對美的態度。他們很能欣賞潘妮羅珮的貞潔，但卻沒有苛責海倫姐妹的淫蕩。這可能是因爲他們對愛神寬容，以及對美崇拜的緣故。

《奧德塞》裏，女人出現的次數最多，角色也都很重要。以致有人居然突發奇想，認爲其作者爲女性。例如諾西卡公主之天眞無邪，爽朗大方；潘妮羅珮之貞潔賢淑，柔韌堅毅；加力騷之嬌媚誘人，善解人意；色喜之放肆蠻橫，魔力懾人……等等，都躍然紙上，生動非常。從上述人物性格的刻劃中，我們可以發現，荷馬不但寫其外在的行動，同時也仔細描寫其心理之轉變，角色與角色之間，亦有鈎心鬪角的內心戲出現，精彩迭出，令後人嘆爲觀止。

德國學者奧巴克（Erich Auerbach）在他的名著《模擬》一書中，討論所謂的「荷馬手法」(Homeric Procedure) 時指出，荷馬行文的風格，是舒緩宜人的，完全避免產生緊張的效果或懷疑的氣氛（*Mimesis*, Princeton, New Jersey 1953）。他以「奧德塞」卷第十九中，奧德修斯之老奶媽尤瑞可莉亞爲他洗脚那一幕，來說明荷馬式的敍事手法，不注重製造懸疑（suspense），只專心經營「阻礙因素」（the retarding element）。所謂「阻礙因素」是德國文豪歌德與席勒於一七九七年間通信時，所提出的看法，他們認爲，荷馬詩中，充滿了這種現象，奧巴克進一步解釋道，所謂「阻礙因素」，是指詩人在敍事時，筆法「外象化」(externalization) 所產生的結果。荷馬把一切可見的與不可見的，全用語言表達得清清楚楚的，所有的事件，只有前景 (foreground) 而無背景 (background)。因此故事的「透視」(perspective) 便消失了，大大小小的情節都跑到眼前來，讀者可以一覽無餘。

所謂「懸疑」，我們可以下面這個例子做一簡單的說明。某人被殺，不知兇手是誰。警察探案，四處查訪，希望能找出線索，緝捕兇嫌歸案。作者在描寫時，一開始，便寫警察如何查訪，然後抽絲剝繭，將眞兇找出。警察的種種活動，便是「前景」，謀殺案的內容，便是「背景」，一前一後，方才顯出事件的「透視」來，同時也成功的製造出大大小小的懸疑。警察所從事的一些看似不重要的瑣碎活動，在背景的襯托下，立刻都顯得有意義了起來。如果作者講述警察四處探訪時，提到整個案子，並把謀殺的來龍去脈詳述一遍，兇手是誰等等問題，全都眞相大白，那前面所經營的「懸疑」，便全都破壞無遺了。因此，講述案子內容這一段話，不但不能製造懸疑，反而有破壞之功，只能算是「阻礙因素」，讓你慢一點知道警察如何抓到兇手。讀者預先知道兇手是誰，那故事所累積的緊張氣氛，便也消失了大半。

奧巴克以奧德修斯洗脚那一景爲例詳細說明他的論點。當奶媽尤瑞可莉亞彎腰清洗這位陌生老乞丐的雙脚時，赫然發現脚上有疤痕一道，便立刻認出他是老主人奧德修斯。正當此一緊要關頭，荷馬突然筆鋒一轉，足足花了好幾頁，去講述此疤之來龍去脈，說是奧氏在年輕時，被野豬刺傷後，所留下來的記號。疤痕的歷史，與全詩毫無關係，其作用連上述例子中的「謀殺案」都比不上。因爲疤的成因與奧德修斯的困境，是風馬牛不相及的。其唯一的作用，是在延遲讀者知道尤瑞可莉亞的反應。果然，在幾頁敍述之後，老奶媽如大夢初醒的把手鬆了開來，奧德修斯脚落入盆，濺了一地的水。

荷馬之所以如此寫，是因爲他不願他所描寫的世界有一絲一毫的含混或迷糊。他希望他所刻劃的東西一一如在目前，這就是爲什麼，他喜歡用「史詩稱號」（epithet）來形容人物。因爲這樣描寫最具體最生動。此外，荷馬喜歡用大量的描寫性形容詞（descriptive adjective），對人物器具做最仔細的鈎勒彩繪，使之如在目前。因此，荷馬總是好整以暇慢慢敍述故事，把各個部份，都分得清清楚楚的，人物的裝束、職位、血統，甚至家譜，都一一不厭其詳的加以說明。而人物活動的地點與時間次序，也都井井有條，絲毫不亂。

這一點，我們從兩部史詩的對話之中，便可看出來。史詩英雄一開口，就是長江大河，滔滔不絕，把心裏的話全都藉語言表達清楚，絕沒有話藏在心裏，吞吞吐吐的，惹人揣測。荷馬筆下的人物，很少講半句或四分之一的話，然後剩下的意思，要讀者去猜。他們都是直腸子，一下子就把內心深處的東西，全部合盤托出。如此一來，荷馬詩中的人物便因缺少了所謂心理的內在層次或發展過程，而顯得單純而平面化。由是可知，荷馬式的敍事，是沒有所謂「主觀透視手法」的（Subjectivistic-perspectivistic procedure）。他把一切的事件，都放在現在，放在前景來描寫。這可能與史詩是即席演唱面對觀衆有關，爲了生動及臨場感，詩人只好把故事的細節，盡量「如在目前」的呈現給聽衆了。

這種特點，我們從荷馬詩中有關天神描寫中，也可以看出。荷馬的天神與人一樣，形體衣著，飲食遊樂，全部類似。這就是因爲他不願他的聽衆對他們描寫的神感到有絲毫不可捉摸的地方，一切都是清清楚楚的，神秘感已減至最低。兩部史詩之中，盡管出現了許多妖女怪獸，但眞正神怪的部份，可謂少之又少，一切都在合理可見的原則下進行。

由於這個緣故，荷馬故事之中多插曲（episode），有時還會有不太相干的故事出現，幾乎近於枝節橫生，離開本題（digression）。例如在兩軍交戰，大將出陣決鬭時，馬荷會花上許多篇幅描寫將軍的家世以及他手中武器的來源，使決鬭幾乎無法順利進行了。荷馬之所以如此，是他對確切時間地點的重視及感情思想之「完全展現」的執着：他重視外在活動之描寫，感官方面的享樂，因此時空的關係，就必定要交代清楚。他重視清楚明白的效果，如在目前的感受，因此也就難免常常要巨靡細遺的「細說」從頭了。（以上所論大部份皆出自於奥巴克《模擬》一書的第一章：《奥德修斯的疤痕》（*Odysseu's Scar*），此書有中譯本，幼獅書店出版。讀者可參閱原書及附錄原典精選之譯文。）

整體說來，《奥德塞》的敍事技巧是十分突出的。一開始是宙斯講評阿加曼儂的故事，以便與奥德修斯的故事對照。接下來，略略提了一點奥德修斯的處境，便着手講泰勒馬克士，四處走訪父親下落的航程。一直到第四卷，奥德修斯在非阿先人的宮廷講述自已過去的歷險故事之時，荷馬安排了一位遊吟詩人，講唱一段奥德修斯的歷險傳說，聽得他本人暗自落淚，卻又不好表明身份。遊吟詩人唱完後，他才開始講述自已的冒險經歷，兩相對照之下，充滿了戲劇性的效果，虛實互用，大小互見，眞是神來之筆。「倒敍手法」在荷馬時代，就有如此巧妙精彩的發展，實在是難能可貴，値得注意。

這種敍事手法，反映出作者企圖把奧德修斯所遊歷的大宇宙與小宇宙相互對比並列。他在海外漫遊，可謂探索了大宇宙之中各種怪誕不經、奇異可怕的荒唐事件。當他回到擿色佳時，那屬於他自己的，現實而日常的生活小宇宙，便展現了出來。奧德修斯不斷的克服那些自然的（怪獸、荒島、大海）及人爲的（求親者與無禮的侍女）困難，最後終於找到了他所想要尋找的自已——與他的家人重聚團圓。整個故事，象徵着一個飄泊靈魂如何追尋（Quest）與自已肉體結合的過程。奧德修斯從名滿天下的英雄，一步步的隱藏身份，不單變成了沒沒無聞的異鄉人，而且還變成了一個人見人嫌的乞丐，他自已從高貴華麗的神話中，走入平凡卑賤的現實裏，而他的兒子，也從毫無經驗的小孩，變成了成熟懂事的大人。凡此種種，都顯示出，《奧德塞》的人物性格，是不斷隨環境及事件而發展的。

《奧德塞》強調了一家不可無主，一國不可無君的思想。如果我們往深一層去看，便可發現，荷馬認爲，無主無君會帶來混亂，妻子得不到保護，兒子得不到教育，原有的程序漸漸崩壞，亂臣遂起，整個社會便要陷入災難，悲劇大禍接踵而至，一弄不好，便會遭遇國破家亡之痛。因此，荷馬在此詩中，特別強調正義公理，最後獎善罰惡，皆大歡喜。

在這樣的主題下，天上諸神的作用，也比《伊利亞德》裏來得淸晰合理。宙斯成了正義公理的象徵，不再受命運女神的支配。波賽登則代表自然非理性的力量，一再與奧德修斯作對，把他弄得四處飄流。赫米思只是宙斯的信差，同時也是地府的嚮導。雅典娜是《奧德塞》中最重要的神祉，她保護奧德修斯，抵抗並征服自然力量，並象徵着知識及智慧的可貴，她的勇敢、果斷、勤勞……等美德，都一一在奧德修斯身上表現了出來，彰顯了人必自助然後天助的眞理。

像奧德修斯這樣的英雄，當然會受到無數讀者的歡迎。在西洋文學中，歷來不知有多少作家，以奧德修斯爲材料，寫下了動人的作品。以現代作家爲例，利用奧德修斯神話創作，且能推陳出新名垂不朽的，便是愛爾蘭小說家詹姆士・喬艾斯（James Joyce）。在《尤利西士》（*Ulysses* 1922）一書中，他創造了一個主角布魯姆（Leopold Bloom）做爲奧德修斯的化身，寫他一九〇四年六月十六日，一天之內在愛爾蘭首府都柏林市（Dublin）中的經歷，其中有幻想，有冥思，有對過去的回憶，未來的憧憬，各種外在的經驗，全都被作者溶滙成一爐，生動有力的展現在小說之內。奧德修斯是古代的英雄，布魯姆卻是現代人中的「反英雄」，他是一個平凡的猶太人，胸無大志的守法公民，種種行徑，完全與古希臘的英雄相反，形成了古今強烈的對照與反諷，從而發掘出現代文明的缺失及本質。Bloom與Ulysses一樣，都是在 quest 當中，只是前者在現代人生中瑣碎化罷了。

喬艾斯之後，希臘作家卡山撒基斯寫了一部長詩，叫《奧德塞：現代續篇》，於一九三八年出版，一九五八年由福瑞耳（Kimon Friar）英譯出版。本詩從荷馬《奧德塞》卷二十二的結尾處開始寫起（《奧德塞》原詩要到卷二十四才正式結束），此時求親者已全被殲滅，奧德修斯覺得沒有必要在家鄉平凡無聊的度此殘生。他已習於冒險的生涯，他要繼續前進，在旖色佳，在斯巴達，在克里特等地，他仍不斷的尋求新的刺激與挑戰，甚至還遠航到非洲大陸，最後死在南極。卡山撒基斯的奧德修斯是另一種現代人的象徵，在充滿焦慮不安的環境中，做永無休止的大膽追求（quest），希望得到全然的解放，即使面對死亡，也不畏不懼。

從荷馬的兩部史詩看來，《奧德塞》的彈性，無疑的是要比《伊利亞德》大些，與現代人的生活與情思，也比較接近。因此，有許多人不斷的用「故事新編」

的手法，來重新詮釋或探討其現代意義。例如有些美國作家把一次或二次世界大戰，比做特洛伊戰爭，把參戰的美軍比做奧德修斯，把家鄉比做掎色佳，把留在家中的妻子兒女比做潘尼羅珮與泰勒馬可士，展開一連串的故事，引人深思。最近最有名的，就是古布里克（Stanley Kubrick），他在一九六七年完成一部長達二小時又二十九分鐘的劇情片（2001:A Space Odyssey）把奧德修斯送上了太空船，地球成了他的「掎色佳」，開始無窮無盡的太空探險，其中有星際戰爭，有各種怪異的星球與經歷，是古典文學中「追尋」（quest）主題的太空化，使荷馬古老的史詩得到了最新的最現代的意義，成就非凡，引人深思。

結　語

無論《伊利亞德》與《奧德塞》是一人所寫或二人所寫，我們現在所讀到的版本，一定有一個最後編訂及寫定的作者，他的見解態度及思想，無可避免的會反映在兩部史詩之中。只要我們能細心研讀，努力辨明其中所蘊涵的各種觀念及材料，則一定可以對荷馬所處時代有一個較清楚的認識。

當然，無可避免的，我們也會發現其中許多地方，有遭後人篡改誤改的情形，瑞奧就舉出許多例子，說明其文句錯亂、前後矛盾之處。例如「伊利亞德」卷第四，特洛伊老王普瑞姆，登城觀戰，看到下面一片人海，殺得難分難解，便問身旁的海倫，那些將領叫什麼名字，海倫也一一爲他介紹。論者認爲，特洛伊戰爭已打了九年，普瑞姆居然還不認識雙方大將，這實在有點不可思議。但我想這是荷馬在吟唱之時的權宜之計，因爲他的故事是從中段開始，難免要在講述的過程中，找機會對主要人物做一介紹。只是這次安排的稍欠妥當，居然找了老王來認人，如果換一個新上戰場的少年登上城頭，這問題便解決了。上面所舉的這個例子，在荷馬的作品中，只能算是很小的失誤，並不需要太過大驚小怪的引來否定全詩的統一性及完整性。

我們細讀兩部史詩，可以對希臘文明中的神與人以及其間各種方面的文化問題，有一個充份而全盤的瞭解。藉着荷馬生動的筆法及引人的故事，許多有關古希臘的抽象討論都變得有血有肉，成爲可觸可摸的具體存在，永遠深深的烙印在我們的心中，成爲整個人類文化遺產中，最最值得思索回味、珍愛寶貴的一部份。

卷第二：荷馬詩中的思想與觀念

前言

本書主旨，不在討論荷馬史詩之歷史背景、作者身份，也不在研究其詩文之辭藻風格，手法技巧，不過，上述種種，在討論的過程中，或多或少，也都涉及到了。本書主旨在挖掘荷馬史詩背後所蘊藏的思想，以及字裏行間所傳達出來的觀念。同時，也將探討這些思想觀念對後世的意義，以及對我們的影響。

寫作本書時，從古往今來許多作家學者的相關研究中，吸取了許多寶貴的知識。在此，要一一指名道謝，是不可能的，希望我這種「一併致謝」的方式，不要給人「流於形式」的感覺。

承蒙本叢書兩位編輯牛津大學出版社的湯姆士先生（Mr. Keith Thomas）及哈戴博士（Dr. Henry Hardy）的幫助，使全書改進增色不少。同時，也要感謝內子替我校對全書。

書中引用的詩行，與我的論點有緊密的關係，故皆一一註明出處於後：我用阿拉伯數字代表《伊利亞德》的卷數，用羅馬字代表《奧德塞》的卷數。例如7．64是指《伊利亞德》卷第七，第六十四行；Vii．64是指《奧德塞》卷第七，六十四行。

一　荷馬史詩

任何花在世界偉大經典上的工夫，無論大小，只要有些許成果，就沒有白費。在石頭上刻一個字，當然遠勝於在沙上或水上寫下千言萬語。

——葛來斯東（W. E. Gladstone）：「荷馬研究」
(*Studies on Homer I. 91*)

西洋文學始於荷馬。他那兩部長篇英雄史詩，《伊利亞德》（*Iliad*）與《奧德塞》（*Odyssey*），似乎是憑空而生，突然出現的。我們對此之前的詩歌，可說是一無所知，至於散文之寫作，此時亦尚未開始。希臘人世世代代對古希臘的種種，都至爲嚮往，不斷的在這方面加強他們希臘教育的基礎。雖然大哲學家柏拉圖曾在他的《理想國》（*The Republic*）一書中，激烈主張要把詩人逐出其外。不過，效果甚微，影響不大。因爲羅馬人跟着就迷上了希臘文學，荷馬成了羅馬大詩人味吉爾（Virgil）的榜樣。而味吉爾又成了意大利大詩人但丁（Dante）及英國大詩人米爾頓（Milton）的學習對象。一直到近代，荷馬仍是英國詩人丁尼生（Tennyson）、希臘詩人卡山撒基斯(Kazantzakis)，愛爾蘭小說學家喬艾斯（James Joyce）……等文學大家的靈感泉源。㊀假如我們不把荷馬放在文學批評裏討論，而歸在歷代偉大思想家的行列之中的話，那理由也是很充足的。因爲英國大批評家阿

㊀ 味吉爾（70–19 B. C.）倣荷馬作史詩《伊尼亞德》（*The Aeneid*）述羅馬開國英雄事蹟。但丁(1265–1321)意大利大詩人有《功德圓滿》（*Th Divine Comedy*）長詩。米爾頓（1608–1674）英國大詩人，有史詩《失樂園》（*Paradise Lost*）。丁尼生（1809–1892）英國大詩人，曾以荷馬史詩中的材料寫過許多名詩。卡山撒基斯（1883–1957）希臘詩人及小說家，以《希臘左巴》（*Zorba The Greek*）一書成名。有長詩《奧德塞：現代續篇》（*The Odyssey: A Modern Sequel*）。喬艾斯（1882–1941）愛爾蘭大小說家，以小說《猷利西士》（*Ulysses* 此爲 *Odysseus* 之羅馬名字）聞名世界。

諾德（Matthew Arnold）在他《論荷馬之翻譯》（*On Translating Homer, 172*）一書中曾讚道：荷馬之所以偉大，「是在能夠體現高貴而深刻之理念於生活之中。」善哉此言，本書的主旨，即在詮釋見證此一論點。

閱讀本書的第一要件，當然是去讀荷馬的原詩。他人千言，難敵原著一語，趣味妙處，全在詩作本身，他書無法取代。讀者不通原文，當可轉求譯本。譯本可讀者甚多，然卻沒有一家是完美無缺的，事實上，也不可能有完美無缺的翻譯存在。以英譯本爲例，在英國文學史上，我們根本找不到與荷馬性質相當的作家以爲翻譯借鏡。原則上，許多才識具佳的翻譯家，在譯希臘悲劇家索福克里斯（Sophocles）時，多援用莎士比亞的風格爲助，譯味吉爾時，則援用米爾頓的風格爲鑑。本書的譯文，是根據維多利亞時代以後的最新譯本爲準，其主旨在把荷馬用「散文」的方式譯出，以達樸素，甚至古拙的效果。（在維多利亞時代以前，所有英文本荷馬，都是以詩體譯成的。）《伊利亞德》是以安朱艮（Lang），利浮（Leef）及美爾斯（Myers）三人所譯的爲本；《奧德塞》，是以布車（Butcher）與安朱艮二人所譯的爲本，分別由麥克米倫公司於一八八二年及一八七九年出版。此外，值得一提的是，英國企鵝版的荷馬，由瑞奧（E. V. Rieu）以英國白話譯出，轟動一時，大受歡迎，由是可見荷馬迷人魅力之一斑。⑪

兩部史詩都與特洛伊戰爭（Trojan War）有關。數百年後，希臘的學者與史家，討論特洛伊（Troy）城陷的日期，多以公元前一一八四年爲準。對荷馬來說，他所描寫的故事，當在遠古以前，那時的人類比後來的高大壯健，諸神來往其間，景象雄奇無比。所謂的「遠古」，到底是多「遠」，荷馬沒有說明，而對半神半人之類的英雄，後來爲什麼不再出現，也沒有解釋。古代許多詩人都試圖對此事的來龍去脈加以說明；但荷馬卻毫無此心。可見他是有意避開此點不談的。詩人寫作的目標是在描述事件本身，使其偉大渾成之處得以全然顯現，至於事件是否合乎常理，要不要穿鑿附會的解說一番，則非重點所在。

特洛伊戰爭起因於特洛伊王子巴瑞斯（Paris）引誘斯巴達（Sparta）國王曼尼

---

⑪ 上述譯者中以安朱艮（Andrew Lang 1884-1912）最爲有名，他是蘇格蘭的文人學者，詩文具佳，以人類學的觀點研究古典神話及民間故事，影響甚大。周作人在二十年代時曾多次介紹過他的思想及學術，使之在當時的中國得享大名。周氏把他的名字譯爲「安特路・朗」，鄭振鐸則譯爲「安特留・蘭」。安氏與布車（Samuel Henry Butcher）用散文譯的《奧德塞》在西方頗負盛譽，歷久不衰。

勒斯（Achaean Menelaus）之妻海倫私奔。才子佳人，相戀出走，本是風雅浪漫之事。然巴瑞斯不但拐色而且竊財，偷了不少寶物，未免使這件傳誦一時的羅曼史大爲減色(13.626)。其實，這件緋聞背後，另有隱情，說起來也是一則流傳甚廣的神話故事，名叫「巴瑞斯的選擇」。荷馬史詩略去不述，筆者在此不妨爲讀者提一個大要：一日，巴瑞斯閒來無事，被三位女神召去做評判，看那一位最美。這三位女神分別是仙后赫拉（Hera），處女戰神雅典娜（Athena），愛神阿富羅黛蒂（Aphradite）。結果巴瑞斯選了愛神，因爲愛神答應獎賞他世上最美麗的女人。這故事本是一個訓誨式的寓言，要人們深思，在人生當中，國王、戰士、享樂三者，何者最爲重要？並且警惕世人，要以巴瑞斯的選擇爲戒，不要因享樂而爲國人帶來無窮災禍。對荷馬來說，這故事說教氣太濃，手法過於平板露骨，與他的品味不合，於是他便略而不提，同時，他把落選的赫拉及雅典娜對特洛伊的嫉恨，刻劃得出人意料之外的陰險，叫人難以解釋。

曼尼勒斯的哥哥阿加曼儂（Agamemnon）是盛產黃金的美錫尼（Mycenae）國王，希臘蓋世雄主。他領導大艦隊，渡過愛琴海，誓懲特洛伊人，奪回美人海倫。艦隊由許多部族組成，首領皆是英雄人物。其中最有名的猛將是阿奇力士（

Achilles)，他是海中仙子色蒂絲（Thetis）與凡人派留斯（Peleus）所生。其他來自阿奇恩（Achaean）地方的名將有阿哲克斯（Ajax），奧德修斯（Odysseus），帶阿米弟（Diomede）及奈斯特（Nestor）。《伊利亞德》第一卷一開始，曼尼勒斯所率領的阿奇恩人（或稱之謂阿奇孚人 Argives 或大拿恩人 Danaans）已經兵臨特洛伊城下，仗也已經打了九年了。

《伊利亞德》的故事情節以一場爭執開始，聯軍統帥阿加曼儂與大將阿奇力士，因戰利品分配問題大吵特吵。阿奇力士一怒而率衆回營，拒絕再爲聯軍効力。並籲請母親施展魅力，影響大神宙斯（Zeus）薄懲阿奇恩人，以迫統帥讓步，求他重新上陣，挽救頹勢。此計終於得逞，在全書第九卷中，阿加曼儂絕望之餘，只好派遣使者，贈以厚禮，恭請阿奇力士回心轉意。按照一般英雄好漢的規矩(code)，阿奇力士應該順階而下，盡釋前嫌才對。但他深恨阿加曼儂處事不公，滿腔怒火，無論如何不能平息，執意不出，倔強到底。於是戰火依舊激烈，阿奇恩人節節敗退，勇士大將受傷無算。最後，特洛伊大將海克特（Hector）在宙斯的幫助下，把阿奇恩人打到海邊，鬧到了火燒戰船的地步（見第十五卷）。

戰事至此，阿奇力士的親密戰友同袍大將佩脫克拉斯（Patroclus），心地一軟，再也不忍看友軍慘敗下去，於是徵得阿奇力士的同意，披上他的盔甲，上陣殺敵。結果轉敗爲勝，克敵連連。可惜，在他正準備大舉反攻之時，卻不幸被海克特所殺，連阿奇力士的盔甲，也被剝下奪去，欲全屍而歸竟不可得。

悲憤交集之下，阿奇力士決心殺海克特爲朋友復仇。顯然他母親已在事前警告過他，如果海克特一死，接下來就輪到他自己了。可是他復仇心切，全然不顧已身之安危，殲敵無算，節節逼進，最後終於仇人相見，一陣追殺之後，海克特走投無路，返身奮力抵抗，從容陣亡。然而阿奇力士的仇恨之心仍然高漲，拒絕歸還海克特的遺體安葬。他繫死屍於戰車之後，繞城而奔，用以洩憤。在最後一卷裏，諸神插手，勸服阿奇力士，終於讓老王普瑞姆（Priam）連夜將愛子的屍體贖回。老王與阿奇力士見面時，都情不自禁的垂下淚來，雙方皆體認到對方偉大的情操與人生共同的哀痛。整部史詩，便在海克特莊嚴悲哀的葬禮中結束。

「奧德塞」一詩，開始於十年後，講的是戰後最後一位由特洛伊回到家鄉的英雄——奧德修斯。阿奇力士戰死後，特洛伊城被奧德修斯用木馬之計攻破。㈢「

㈢ 木馬屠城的故事如下：奧德修斯令手下造巨大木馬一隻，置於海灘之上，其腹中空，內藏軍士，由阿奇力士之子尼普托利馬斯（Neoptolemus）率領。然後奧德修斯令全軍上

奧德塞」裏，雖沒正式提及此事，但在奧德修斯倒述過去時，略略提了這一段有名的「木馬屠城」故事：名城被焚之後，勝利者大肆殺戮掠刼，如醉漢流氓，而在返航之時，卻又歷盡艱險，一波三折。名將阿哲克斯，死於阿奇力士之後。阿加曼儂雖能衣錦榮歸，但卻被他不貞的妻子與出身微賤的姦夫所害。凡此種種聯繫兩部史詩的關鍵情節，在《奧德塞》中，都藉着相關人物之口，娓娓道來。特別是第三卷中的奈斯特與第四卷中的曼尼勒斯。

此詩的主旨在講奧德修斯如何回到故鄉旖色佳(Ithaca)。在所有出征的英雄裏面，他算得上是最聰敏機伶而又最能動心忍性的了。詩卷一開頭，便講他正在天涯海角，四處流浪。此時正被困在一個遙遠的海島之上，島主是仙女加力騷（Calypso）。她愛上了奧德修斯，將他軟禁身邊，不准離去。只可惜，落花有意，流水無情，奧德修斯日夜計劃如何逃走，並沒有陷在溫柔鄉中。

當此之時，奧的妻子潘妮羅珮（Penelope）正在宮中苦苦守節。遠近來了一

船，假裝起航回程，不再戀戰，而實際上却躲在特洛伊人看不到的海島附近，以待其變。此外，奧德修斯派出一名間諜假裝逃兵，在特洛伊人間散佈謠言，謂此木馬是希臘人之寶，如能奪得，可保永遠勝利。特洛伊人一時不察，將木馬拖進城內。是夜，尼普托利馬斯打開木馬腹部之暗門，與城外的希臘人裏應外合，終於攻破特洛伊城。

大群王公貴族，在宮中放蕩遊樂，宴飲終日，白吃白喝，目的是在逼迫潘妮羅珮早日放棄守寡，從他們之中擇一而嫁。這樣一來，他們便可不費吹灰之力，就穩佔了島主的寶座。泰勒馬可士（Telemachus）在父親離家時還是小孩，現在即將成人，看到宮中積弱如此，心中憤恨非常，但卻人單勢薄，無能爲力，只好冷眼旁觀，暗暗着急。

《伊利亞德》的情節主線只有一條，而「奧德塞」則有兩條：從第一卷到第四卷，講的是雅典娜如何慫恿泰勒馬可士，反抗那些胡做非爲的「求親者」。她教他如何自組團隊，出海去探聽父親的下落。於是泰勒馬可士走訪了奈斯特及曼尼勒斯，受到熱誠的接待，一路旅行下來，他增廣見聞，長大了不少。接下來四卷，則講奧德修斯如何在宙斯的命令下，得以離開加力騷，他自建木筏，航行海上，遭遇大風，飄流至非阿先人(Phaeacians)之地——一個半神怪的國家。從第九卷到第十二卷，奧德修斯在宴會上向國王講述他在海上歷險之經過，例如海島妖女塞倫（Sirens）的魔歌，獨眼巨人塞苦勞撲（Cyclops）的洞府……等等，同時還有他到地獄一遊的奇遇。非阿先人好客而多禮，好心派人護送奧德修斯回歸色佳後，過門不入而回。

故事中兩條主線在泰勒馬可士也回到家時，合而爲一。泰勒馬可士機警的躲過了「求親者」的埋伏，秘密的和自己父親會了面。奧德修斯此時已把自己偽裝成一乞丐，潛囘宮中一探虛實，任由求親者調侃笑駡而不動聲色。最後，潘妮羅佩裝出好像是拗不過大家的糾纏，準備擇人而嫁了。她滿面淚痕，捧出奧德修斯的寶弓，聲明誰要是能拉開此弓，一箭穿過刀斧一排，誰就可以娶她。沒有一個求親者有力量彎弓搭弦，更別說射箭了。最後奧德修斯終於出場彎弓射箭，一擧成功，在兒子與兩個忠勇家臣的協助下，將求親者全部射殺，全家得以團圓。尾聲之時，求親者的家屬妄想復仇不成，鬧得不可開交。而此時，雅典娜出現了，她主持正義，使全島恢復和平。

首先，我們必須要說明，對荷馬這個人，我們是一無所知，除了兩部史詩外，所知道的只有荷馬這個名字而已。當希臘人開始知道寫傳記之後，沒有任何資料是有關荷馬的。雖然，他們把他們最偉大的文學遺產歸於荷馬名下。但卻只有一個浪漫化了的故事提到他，說他是個盲詩人——四處遊吟飄泊，如此而已。在過去，大體上希臘人都認爲荷馬是兩部史詩的作者，只有少數幾個標新立異的認爲是兩個不同作者所寫。而如今大部份的學者都認爲≪伊利亞德≫完成於先，而≪奧德塞≫則來源複雜，成書也較晚。「奥」書的作者受到≪伊利亞德≫的影響很大。結論之所以變成如此，是因爲單是從技術上來看，兩部史詩的「語言特色」就大有不同；至於其他的種種差異，我們保留在研究「奧德塞」時，再詳述。

「奧」書中的神祉，所作所爲，與「伊」書中的不同，表示出另一種英雄主義及道德觀念。「伊」書則以經過嚴格選擇的場面，來呈現詩人所經營的世界，包容性較大，涵蓋的趣味及探討的方向也較具有多樣性。在《史詩》(*Epic*)中，詩人通常不自己主動發言，依習套是要經過繆斯(Muse)的啓發，而成爲其代言人。㈣在荷馬的兩萬七千行詩中，沒有一行是講詩人自己的。荷馬這個「人」，已經融化在荷馬式的「創作世界」之中。結果，荷馬這兩個字，也就無可避免的成了《史詩》的同義詞了。在語言學、考古學，及歷史考證等等各種研究考察下，我們可以推測，大約是西元前七二五年左右，小亞細亞沿岸，或愛琴海諸島上，出現了這麼一位偉大的詩人，孕育了《伊利亞德》。大約是在一個世代之後，另一個詩人創作了《奧德塞》，在幅度上及包容性上，都可以與「伊」詩相比。

㈣ 這種在詩卷一開頭，向詩神繆斯(Muse)祈求靈感的手法已成了史詩特有的規矩，稱之爲史詩式的詢問(epic question)，整個祈求的過程又稱史詩祈禱(epic invocation)，表示詩人靈感，得於天授，非人力可及也。

一旦問世之後，這兩部書便一直流行不衰，到處可見。一般說來，古本英雄詩，如英國的《貝奧武夫》(*Beowulf*)，冰島的《愛達》(*Edda*)，都是流行一陣子就消失了，或被忽視，或遭遺忘，如果幸運的話，說不定會被後世重新發現。有時候，例如在古羅馬時代，當人們感到値得費心蒐求時，那些古本早就灰飛烟滅了。可是荷馬史詩卻從未遭此噩運，一旦創作完成，便不斷的被四處傳誦，從希臘一直到東歐。在這一點上，荷馬史詩與同時代的作品比較起來，顯得非常突出。除了《舊約聖經》外，幾乎無書能及。古埃及、蘇美、巴比倫等文化所創作出來的作品，大多都失傳了數千年之久，直到最近，才在西方學者費盡工夫之下，漸能明其句讀。因爲歷史地理種種因素，使得西方人在過去一直對中國、印度的文學一無所知。但也正因爲如此，中國、印度也很難對歐洲歷史文化產生直接影響。由此可見荷馬的史詩是如何的獨特了。

我們雖然無法讀到荷馬之前的文學作品，但瞭解荷馬的成就，從而自其中得知一些有關產生荷馬作品的背景之概念，則是重要非常的事。這個問題可分成下列數點來論。首先，希臘人的祖先印歐人，早有英雄詩的傳統。我們可以找到許多例證，如古印度文學、早期的日耳曼歌謠、盎格魯·撒克遜的《貝奧武夫》，還有古愛爾蘭的詩歌等等。下列許多主題都是大家所熟悉的，如英雄一怒拂袖而去，朋友或親人之間決一死戰，對封建領主或酋長的効忠或背叛；其中最重要的，莫過於「復仇」了，幾乎存在於所有古代作品之中。此外，「榮譽」的觀念，亦很受重視，一個勇士所做所爲，獎賞懲罰，都與之有關。我們很明顯的可看出，荷馬許多觀念都是源自此一傳統，如果將之與此一傳統的其他分支比較的話，亦可看出荷馬史詩的獨到之處。

「復仇」，可說是荷馬兩部史詩中的重要動機或母題。在日耳曼傳統之中，無論男主角也好，女主角也罷，都會被「復仇」的欲望所驅使，產生一種自我毀滅的狂熱。但這種特色在荷馬中，卻附諸闕如。相反的，我們可以看到奧德修斯凡事都十分理性的精打細算，謀定而動。而在《伊利亞德》最後一卷，老王普瑞姆與殺子大仇阿奇力士相遇時，所呈現出來的，則是一種深刻的自我認知及人道同情。

在此一代代沿襲的傳統之外，早期希臘人，有機會與東方文明相接觸，其過程眞可謂既古雅又壯觀。荷馬史詩中的故事是很有自覺的安排在所謂的《青銅時代》(Bronze Age)，而當時的美錫尼(Mycenae)則是以產金著名，也就是現在我們所稱的美錫尼時代，約在西元前一四〇〇到一二〇〇年之間。(阿加曼儂爲美錫尼國王）荷馬史詩的定本，無疑是在此之後才完成的。但其反映的，卻是有關此一古代希臘文明的記憶。那是一個文化交流的時代，在某種程度上來說，也稱得上是一個文化大一統的時代，從希臘越過愛琴海，到安那托利亞（Anatolia 土耳其的亞洲部份）的希泰第古國（Hittites）、迦南泰諸國（Cannanite），如烏迦瑞（Ugarit現今的敍利亞）、塞普路斯、埃及，甚至米索布達米亞。這些國家互相貿易來往，被一種大帝國式的憧憬聯援在一起。更重要的是其間產生許多文學作品，而很明顯的我們可以看出希臘文學受影響的地方。

舉個例子，荷馬似乎熟知宙斯有個叫克隆那斯（Cronos）的父親，有個叫烏拉那斯（Uranus）的祖父。他們各自被自己的兒子所取代，失了領導衆神的寶座。這種「老天爺」的更替，從印歐原始的傳統觀念看來，是說不通的。這一定是從公元一千年前的東方傳統中吸取或借用過來的。還有一點，在荷馬的作品中，我們常發現諸神常聚在一起開會，以商討的方式來決定人類的行爲或命運，此一重要特色，也是源自東方。在美索布達米亞及敍利亞的文學中，這種仙界會議是常見的，然而對希臘宗敎來說，則是非常陌生，甚爲少見。

這兩種不同的傳統，在荷馬史詩中會合了。從信史觀之，詩人們常常保有一種世代相傳的記憶，知道古代美錫尼曾在聖王的統治下盛極一時，麾下的大將，個個身披銅甲，勇猛無比。此時，北方蠻族多利安人（Dorian）雖然強大，但還未南下入侵，故他們仍能保持相當的優勢。從這些詩人的記憶當中，多少透露出一些歷史的眞象。美錫尼在後來的希臘古典時代，通常被貶成一微不足道之地。然而實際上，此處確實一度爲文化中心。遊吟詩人們，在美錫尼的宮殿城堡被多利安人摧毀後，只能在小地方活動，各方面都十分貧乏，慢慢的，變得無法了解或想像古代盛世之情況及其經營治國之手法。他們詩作裏所反映出來的美錫尼英雄，多半是頭腦簡單四肢發達的文盲。而事實並非如此。據考古資料顯示，當時的美錫尼文化發達，已擁有非常複雜的文官體制及檔案文件。

在荷馬史詩中，美錫尼國王阿加曼儂的地位，十分曖昧不清。他是聯軍的最高指揮官，比其他領主都要來得有「王者」之威。但是在詩中，其他將領又表現得似乎與他地位相等，可以平起平坐，在遠征軍裏，要來就來要去就去，自由得很。當阿奇力士威脅着要揚帆回家的時候，阿加曼儂只能無力的說：

「走吧，要是你心裏想走的話；

我可不會求你看在我的份上留下——
擁戴支持我的人多得是，
尤其是大神宙斯。」（I•173）

在詩中許多地方，我們可以看到一幅幅相當寫實的畫面，把那些荷馬式的國王酋長描畫得有點像中古黑暗時代的農人一般，根本不像古代那些威儀赫赫，城高牆深的美錫尼大帝或特釐（Tiryns）國王。例如老王普瑞姆的兒子們一面要親自駕馬御車，一面還要挨老王的罵，說他們是無用的廢物、繡花枕頭。（24.247-80）；而老王自己，則親自割草餵馬（5.271）。在《奧德塞》中，曼尼勒斯王宮裏，突然來了兩個不速之客，僕人們就擔心沒有空房間招待他們（iv.26-36）。不過有時候，荷馬式的宮殿描寫，也相當富麗，一種大而化之的「堂皇」描寫。

總而言之，阿加曼儂的時代被描寫成英雄時代。這時代，不單單只是一個引人入勝的歷史上的時代而已。因為，那時代的人比我們健壯，比我們高大，與神接近；而當時的神，也經常涉足人間，參與人事。神既然常參與人事，便使得那個時代變得特別，而其間諸般活動更顯得能夠代表整體的人類生命，周延且圓滿。因為神的參與人事，使我們了解人生之本質及限制，整個世界化爲透明，我們看到神力在事件背後主宰一切，隱藏在每一件日常瑣事之中。當時，寫英雄時代的詩不少，背後都蘊涵著一個觀念—那就是寫作的態度絕非從自純然的自然主義或純粹的歷史主義出發。大家感覺到這個時代是如此的特殊，而其特點又在所有流傳下來的故事都成了神話。這哪裏是歷史或寫實等方法可以概括得了的？雖然，這神話時代並不長，大約只有兩三代的樣子，時間是從色邊戰爭（Theban）到特洛伊戰爭。可是千年來，這一段古人古事流傳不衰，同時大家也都感覺到這個時代是一去不復返了。在無比懷念的心情下，其間各種軼事，便不斷的成爲詩歌、悲劇、繪畫、雕刻的主題。從希臘到羅馬，一直到文藝復興時代的藝術，莫不如此。自然而然的，義大利歌劇一開始，就以希臘神話爲題材，莎士比亞要寫長詩《維娜斯與阿多尼斯》（*Venus and Adonis*）、韓德爾（Handel）要寫《愛希斯與葛拉蒂亞》（*Acis and Golatea*），還有畫家達文西（Leonardo）、提善（Titian）、普桑（Poussin）都常處理神話題材。㊄

㊄ 韓德爾（1685–1759）是德國十八世紀浪漫派的作曲家。達文西（1452–1519），提善（1477–1576）都是義大利文藝復興的藝術大師，前者以「蒙娜麗沙的微笑」一畫而不朽，後者以處理希臘神話的題材而名垂千古。普桑（1594–1665）是十七世紀的法國繪畫大師，也是以描繪希臘羅馬神話故事而成名。

希臘神話的最大特色是其中充滿了英雄及英雄故事，這在全世界的神話中可說是個異數。通常，我們在神話中所讀到的，大半是與神或世界創造有關的故事，重點在動植物及人類的繁衍及散播，而其中的動物，又多半擁有人或超人的力量，能言善道，法力無邊。在許多神話中，人類英雄要不是退居其次，若隱若現，就是完全消失，毫無地位。荷馬史詩之所以在希臘文學中佔有如此重要的位置，可能與其「英雄」色彩有關，但其間的因果關係，則不是我們三言兩語就可以說清楚的。

希臘人在神話及文藝方面的最大貢獻，就是以人類的形象來代替那些碩大無比半人半獸或巨獸妖怪之類的神秘形象。一切恢復到人的尺度，不再像埃及那樣建造龐大驚人的雕像。在《伊利亞德》中，這個貢獻就已經完全的呈現了出來。

他們之所以能夠如此，是因爲綜合了許多文化中的特質，加上自我有意義的反省沉思，然後將之與傳統結合，成爲一種特殊的風格。我們在「伊」、「奧」兩書中看到詩人企圖綜合古代美錫尼及其自己所處的那個時代的特色。例如，詩人很自覺的，描寫英雄武士都是用「銅」劍打鬪，但偶爾也透露出他對「鐵」器也相當的在行。而「鐵」的流行與應用無疑的是較「銅」爲晚。在此，歷史上的人物與神仙也相互摻雜，混淆爲一了。例如海倫，就有點像神話中的波賽風妮（Persephone）一穀物仙女，植物女神。她是穀物母神地米特（Demeter）的女兒，被地府閻王看中刼入冥間。後來經過地米特多方營救，終於在宙斯的首肯下，每年春夏可以援女兒回陽間，秋冬再送回地府。（譯者按：此乃希臘神話中解釋四季轉換的故事。）而阿奇力士則有點像德國神話中的齊格飛（Siegfried）。阿奇力士是一神話民族的酋長（號稱默米頓族 Myrmidons），是海中仙女之子，在希臘古詩（非荷馬的作品）中，與齊格飛一樣也是一個渾身刀槍不入，但卻有一個致命弱點的英雄。㈥

此外，特洛伊的戰士中也包括了住在小亞細亞另一頭的利西恩人（Lycians），還有帶阿米弟人（Diomede）。本不屬於特洛伊神話系統，而應歸於色比斯（Thebes）神話系統的材料，也統統都混到一起來了。在《奧德塞》中，我們還可發現神怪民族如非阿先人，及類似神仙故事中的怪物獨眼巨人塞苦勞撲。凡此種種，都與德國史詩《尼布龍根之歌》（*Nibelungenlied*）相似，兩者都是任意的把歷史及神話人物加以混合，把不同時代的人物也混合起來。

㈥ 阿奇力士的致命弱點在他的脚跟。他出生後母親色蒂絲爲了使他刀槍不入，便跑到地獄中的冥河（死太可死河 River Styx）邊，提着他脚跟，在河水中浸過一遍，據說如此便可全身刀槍不入。不料她手揑的脚跟處，未能沾水，後來阿奇力士便是被巴瑞斯在無意間射中脚跟而死。這叫做 Achilles' heel.（「致命傷」之意）

這些問題，一般讀者並不容易看得出來。因為荷馬的風格有力，提供出一個畫面前後統一的完整世界。當批評家指出這些缺點後，荷馬的特質，便更明顯而更完整的呈現了出來。

像所有的希臘詩一樣，這兩部史詩的節奏用韻都很複雜，句式變化全以字詞的長短音為歸依。英詩中的重音，在古希臘詩中是不存在的。詩行以長句為單元，在基本的句式中，容許有節制的變化，大約每句可有十二到十七個音節。對英雄詩來說，句子如此的長而複雜，是非常奇特的。至於用語，則刻意求其要有詩意，包括遊吟詩人自己都不甚了了的古字，特別是那些屬於史詩風格的古字。不過，整體來說，其用語還是以純樸簡潔為尚，壯麗中不失親切。不像後來的史詩詩人如味吉爾、米爾頓、哈辛（Racine）等，統統都有用語過份莊肅的毛病㊆。

阿諾德在他那本精彩的小書《論荷馬之翻譯》中，細述荷馬風格之特色時說：「他以節奏明快取勝，他以樸實簡潔取勝，他以高貴文雅取勝。」眞是一點不錯。

荷馬史詩還有一個非常突出的特色，值得細論。此事雖係風格問題，但卻有相當廣泛的影響。除了模倣荷馬而寫的史詩外，「伊」「奧」兩書在這一點上可說是

㊆ 哈辛（1639–1690）十七世紀的法國大詩人及劇作家，寫過許多處理希羅神話的劇本。

與所有的詩史都不同——那就是愛用一長串的明喻（similes），有時長達十二行。當然，荷馬在形容英雄勇武時，常用簡單的幾個字如「像一頭獅子」之類的，但這簡單的明喻也可發展成：

> 阿奇力士向他衝了過去，有如一頭獅子，
> 一頭全村子人聯合起來，非除之而後快的獅子：
> 那獅子，起先高視闊步，旁若無人，
> 當獵獅人以長矛將之刺傷後，他就張
> 開血盆大口，精警了起來；但見他口噴白沫，
> 心生鬪志，長尾左右橫掃，鞭策自己衝鋒，
> 雙眼炯炯，直衝而上，不是吃人就是陣亡：
> 如此這般阿奇力士一怒而上，
> 以無比的勇氣面對着英勇的伊尼阿斯。（20·1645—7）

這比喻可謂爲比喻而比喻了，變化丰繁，辭藻驚人，筆法一旦展開，往往與原始的比喻互不相涉了。例如此處阿奇力士並未受傷，也不是與一大羣人作戰。無疑的，這種避免處處相應的比喻手法，是荷馬有意採用的，爲了躲避重複第一個「像一頭

獅子」的畫面，接下來的比喻，是故意另開場景，免去單調的複述。㈧

許多明喻都很明顯的是英雄式的，不是用獅子、野山豬、蟒蛇、大風暴、洪水、森林大火等字眼，就是用巨樹、層雲、繁星、大洋之類的詞藻。同時，許多人類的活動也出現在比喻之中，有些是非常實際的工作，如農事灌溉，耕耘收穫，打穀檢穀；有些則與專業技術有關：如鐵匠在水中冷卻火紅的鐵塊，樵夫砍柴，陶匠轉輪，皮匠整理新剝的牛皮，木匠在樑木上鑽洞，雕工粉飾雕像，女人紡織羊毛；還有小女孩哭扯母親衣裙，潑婦們當街對罵，寡婦哭喪，慈父病癒等等，不一而足。

有些比喻，則略欠莊重，如阿哲克斯在大隊特洛伊人的攻擊下緩緩撤退一事，被比成一頭驢子在一個小孩軟弱無力的鞭打驅趕下，緩緩退出（依依不捨的）玉米田；或是雅典娜暗中保護曼尼勒斯不被飛箭傷到一事，被比成媽媽爲睡著了的小孩趕蒼蠅；暴跳如雷的奧德修斯，被比成一鍋滾燙的豬血香腸。（II・558，4・130，XX・25）

明喻有強調的效果，同時可引導讀者的情感反應進入一種眞景實況，既驚險又刺激。這種手法還有一個好處，那就是讓詩人有機會把世界的各種面貌都納入詩中，

㈧ 這種比喻的手法在文學術語中稱之謂 Epic Simile，「史詩明喻」。

不然就戰爭論戰爭的話，那別的東西就寫不進來了，例如野外的風景，平靜的田園，還有雜技百工各行各業等等。荷馬有信心以高格調的風格去寫各式各樣的題材，而又能避免落入反高潮或陳腔濫調的習套。世事無一不可用史詩來處理，不一定限於戰爭或意外殉難等等慘烈的事情。這種包容性正好可讓讀者建立信心——相信詩中所描寫的不只在那種特定的情況地點才會成「眞」，而完全是眞實世界的眞實反映。

有人說米爾頓的《失樂園》（*Paradise Lost*）當中，揷不進小孩子。因爲該詩的風格太過莊嚴肅穆，與小孩子的天眞自然，恰成強烈的對比，可謂圓鑿方枘，格格不入。這種批評則無法施之於荷馬。有關荷馬史詩對後世作品影響之研究，是非常有趣的，以文學遺產論，這方面的問題也相當重要，只不過限於篇幅，我們無法在此詳細討論。英國大詩人波普（Alexander Pope）在他的《論批評》（*Essay on Criticism*，124）一詩中說：

荷馬與造化同功（Nature and Homer were the same）

荷馬的作品告訴英國詩人，史詩之作，不但可以功參造化，同時也可以是最高層次的詩。㊈

㊈ 原文及引用行數均有誤，應爲135行：Nature and Homer, he found, the same.

本世紀初美國學者佩瑞(Milman Parry 1902-35)花了許多工夫，求證一種理論，那就是荷馬史詩是屬於「遊吟」或「口傳」詩(oral poetry)的一種。詩中許多特色，都不像是書寫文學。很明顯的，那些不斷重複的形容詞或英雄名號(epithet)；還有老是出現的東西如槍、船等物，都可證明上述論點。例如「智多星奧德修斯」、「飛毛腿阿奇力士」、「蓋世雄主阿加曼儂」、「艨艟巨艦」、「怒吼之海」，凡此種種或類似的習套，對翻譯者來說，眞是棘手極了，刪了，顯得不忠實原作；留下，現代語言又賦予這些名號過多的「強調」，反而有失原意。隨名號而來的是一些不斷重複的句子，如「他們伸手去拿上桌的菜」，「當他往好處想時這就顯得有理了」等，種種「文字習套」的使用隨處可見⑩。

從整體看來，許多場景都是一成不變的在重複着，如戰士整裝待發，水手推船下水，划船前進，牲口獻祭等等，甚至於信使傳口信，都要一字不改的再說一次。(譯按：這樣就形成了「場景失調」的現象。)

經過不斷的研究，五十多年後的今天，大家似乎公認這是口傳文學傳統的最後

---

⑩ 英雄名號 Epic epithet 是用來形容人物之特性的。如中國《水滸傳》中的英雄有許多名號一般：類似「智多星吳用」，「黑旋風李逵」等等。Crafty Odyssus 也就等於「智多星奧德修斯」。

絕響，遊吟詩人們以固定的公式方法來幫助自己編製長詩，不用筆，而用心。他們在表演前，先想個大概，每次都有些許不同，有些靠記憶，有些靠即興，熟練的用一套套的現成字眼把上述種種串連起來。當然，我們無法證實「伊」「奧」兩書眞的是如此寫成的，有些學者便大表懷疑，認爲全詩是如此之長，又如此之精，沒有一個人將之用筆整理一遍是不可能的。全書可能成於西元前七三〇年，相當於書寫文獻的開始時期。不過，話又說回來了，「口傳」之說，仍有其重要性，因爲此說對那些奇怪的特色提供了恰當的解釋。同時也讓我們警惕到不必過份渲染「文字習套」及「場景失調」(discrepancy between one scene and another) 的重要性。當然，這並不是說荷馬的史詩需要有人爲之辯護才能過關。因爲，實際上從整體看，所謂嚴重「場景失調」的情形並不很多。德國中世紀的史詩《尼布龍根之歌》中，「尼布龍」(Nibelungs) 這個封號一會兒指某一部族，一會兒又指該部族的敵人，隨便使用，毫無說明；而在愛爾蘭英雄傳奇「泰恩」(Tain) 中，公主芬娜白兒 (Finnabair) 死去之後，接下一章，竟然是她與古哈蘭 (Cúchulainn) 結婚的事。像這些失誤，在荷馬是沒有的。

在西元前十二世紀時，美錫尼文化經過長時期的衰退，至此終於滅亡，宮室毀壞，文物蕩然，亂世來到，貧窮處處，希臘與東方之交流，遂斷絕了一段時候：古老的文化中心廢棄，藝術的水準品味大降。幾百年後，希臘才漸漸恢復元氣，社會繁榮，經濟富裕，又從腓尼基人處借用承繼了字母，現存的荷馬史詩，就是這個時候寫成的。在西元前七二五年左右，「伊利亞德」就已經存在了，同時，其他有關神話主題的史詩，也出現了。

雖然許多史詩都已經失傳，但由側面的資料探索，我們對其中一些，還知道個大概，若拿《伊利亞德》與之比較的話，立刻就產生下列幾項重要的區別。一、「伊」詩比我們所知道的詩都長上許多，幾乎長達一倍以上。二、其組織結構可謂獨特。《色比德》(*Thebiad*) 這首詩是講色邊戰爭 (Theban War)，從頭講到尾；《攻陷特洛伊城》(*Sack of Troy*)這首詩是講特洛伊城故事，從高潮地方講到最後。而荷馬這篇空前巨製，既無開頭，也沒結尾，單表中間一段，看似來路不明，實則涵蓋全本故事；大將海克特之死，暗示特洛伊必亡；阿奇力士也註定死期不遠，他自已也從容接受，一片坦然，雖然，在全詩結尾時，他還活得好好的㊁。三、其他古史詩，對魔法、神奇、詭異之事，都任意採用，毫不節制。例如雅瑪松

㊁ 這種從中間或接近尾聲時才開始的手法叫「中段開始法」(in medias res) 爲史詩的特色之一，後來變成一種傳統，所有的史詩都必用此法開頭。

（Amazons）的女戰上及依西歐披（Ethiops）的軍隊們，都身着舉世無匹甲冑，有如神兵一般；魔法之力可使人返老還童；「酒女」、「穀女」、「油女」等女子可無限制的變出相關的食品來，以供食用。在傑森王子（Jason）的「阿鉤那（Argonauts）遠征軍」中，譯按：（Argos 是希臘東南之古城，當地人爲傑森王子造了一條遠征軍用的大船，取名 Argo. Argonauts 是遠征軍的名號，爲傑森所取。）音樂家奧菲斯（Orpheus）的豎琴，可以感動鳥獸；北風的兩個兒子生有翅膀；林求斯（Lynceus）可眼見奇事異象，其中還有一艘船居然會說話。

有魔法的東西也不少，例如特洛依城只要保有雅典娜的雕像「帕勒殿」（Palladium），便無人可攻破該城；勇士受傷之後，只有刺傷他的矛頭上之鐵銹，方可醫治其傷。如此這般，不勝枚舉。總而言之，在那些詩中，英雄甚至可以起死回生，我們知道，至少阿奇力士、潘妮羅珮、泰勒馬可士後來都超凡入聖，羽化登仙。

在這樣的背景下，《伊利亞德》就顯得分外突出了，這絕對是一種有意識的獨創。我們雖然對荷馬這個人一無所知，但對他的讀者或聽衆卻略知一二。《伊利亞德》對人生的看法是十分貴族氣的，與一般人民的立場截然不同。可見當初的聽衆多半有貴族意識，與《奧德塞》的聽衆大相逕庭。當然，上述的論證，只是姑妄言之，並非定案。

無論聽衆的身份如何，總之，我們的詩人一上來就把他們給吸引住了，這樣才能叫他們耐心坐下來聽一首長詩。不然，依照一般人自然的需求，詩人早就不得不迎合大家，唱一些簡短的東西了。就像弟莫多克斯（Demodocus）在《奧德塞》中所唱的那樣。一旦像《伊利亞德》這麼大幅度的史詩開始登場時，聽衆可就身不由己了，一切就都得由詩人擺佈。

我們可以想見一個遊吟詩人，對自己的能力有自知之明，對聽衆的注意力亦十分敏感，他一面在心中編織一首長詩，衡量主題材料的取去，吸取口傳文學的精華。全詩必需以相當複雜的方式組合，以阿奇力士赫然一怒的故事，反映出整個特洛伊戰爭的來龍去脈，到最後，聽衆還必須接受特洛伊象徵式的陷落。這整個構想，無論是在幅度上，或是在原創性上，都是大膽而又獨特的。我們可以肯定的說，這一定是一個人的創作。㊂

以前浪漫派的學者，大都認爲史詩是民間集體創作的，而《伊利亞德》正是集體創作下的產物。這種看法，可以說是早已過時了。

㊂據二十世紀的學者研究，其中有一種較流行的說法是，「伊」「奧」兩書分別出自不同詩人之手。其書之來源有許多，但是經過一個遊吟詩人組織完成，故全詩保有許多遊吟式的特點，及個人創作的特色。最後經人記錄寫定，但原作者的特長大多都保留了下來。

二 伊利亞德

《伊利亞德》，卷第一，開宗明義寫道：「派留斯之子阿奇力士赫然發怒，那咒人的怒氣，爲阿奇恩人帶來無數災難，千萬英雄的健偉靈魂，全被打入陰曹地府，遍野橫屍，任由土狗爭食，野禽歡宴，至此方合了大神宙斯之意。」詩人覺得沒有必要再向讀者或觀衆一一介紹角色，詳述故事的來龍去脈；也不必解釋阿奇恩人爲何圍困特洛伊城。他在楔子中很自然的假設大家都已熟知全部故事，只要點明要開始講的地方卽可。同時，這個開頭，也暗示了所要說的故事，是慘烈無比的，既非等閒輕鬆娛樂之作，亦非稱頌希臘先祖如何擊敗蠻夷之功，更非暢述光榮勝利之祝詞，由此可見，全詩並無刻意取悅聽衆賓客之耳的企圖。偉大的英雄野死不葬，肉身淪爲野獸之食，這就是大神宙斯的意旨。我們將仔細聆聽這些聳人聽聞的故事：敵對雙方兩敗俱傷，而戰事背後則隱藏着幽玄難測的天意。

有關英雄一怒拂袖而去的故事很多。在本書第九卷中，就提到一個類似的傳說：主角是米力革（Neleager）。從荷馬的口中，我們知道：「古代英雄們的事蹟流傳如此，當狂怒暴發之後，只有各色禮品或好言相勸，方能使之平息。」（9·524—6）下面，就讓我們來仔細探討一下《伊利亞德》如何處理此一傳統題材。

詩一開頭，就是兩大英雄陷入爭吵的局面，一方是阿加曼儂，遠征軍的最高統帥；一方是阿奇力士，當世最勇武的戰士。他們分別被尊稱爲：「阿加曼儂，黎民之主；及神將阿奇力士。」這一行詩，很巧妙的顯示出二者相對的特色：一是仰仗地位及官階，另一則以突出的個性及勇武取勝。大戰中，統帥大王搶了一名女子做戰利品，女子的父親是天神阿波羅的祭司，他試圖以金銀財寶贖回女兒，並暗示，若不能如願，則天神可能一怒降災。阿加曼儂厲聲拒絕了他。他立刻求神以金箭降瘟疫入阿奇恩人的營地。迫得大小首領，採納了阿奇力士的建議，去問卜者卡爾卡斯（Calches），一探究竟，從而促使阿加曼儂交出那名女子。阿加曼儂失了面子又失人，羞憤交加，堅持要求雙重補償，他危言恫赫說要從首領之一的戰利品中，擇一以爲代替，如不選阿奇力士的，就選其他人的。此言一出，逼得阿奇力士不得不當場獻出自己的寶物，或是當衆軟化自己的立場，不再向阿加曼儂逼宮。

雙雄之爭，寫得神乎其神，雙方每一步棋都有讓人心服的心理背景，結果是阿奇力士退出爭鬬，回駕帳篷，發下重誓：「總有一天，阿奇恩人大大小小都會需要我的，當他們在斷魂手海克特（Man-slaying Hector）的雙掌下死傷慘重之時。」（1·240）阿加曼儂選中了阿奇力士最鍾愛的一名擄來的婢女，氣得他不得不向母親女神色蒂絲求援，要她說服宙斯，使阿奇恩人大敗，這樣一來就逼得衆將官們非得請他出山不可了。以後的幾卷，都在刻劃此計如何得逞的經過。阿奇恩人，排好陣勢，開始作戰，一肚子怨氣的曼尼勒斯與巴瑞斯爲海倫打了一場不分勝負的「決鬬」，巴瑞斯有愛神在一旁暗助，幸而大難不死，逃過一刼。漸漸的，阿奇恩人就露出敗象了。

故事的情節，在卷第九又有了新的發展，阿奇力士發現他實在無法接受阿加曼儂的和議，也不願重回戰場効命。在一陣排山倒海的暴怒中，他叫道：

我不稀罕他的各色禮品，
我更視他如草芥一般。
卽使是他加十倍二十倍的禮，
傾其所有，竭其所能
再加上色邊斯、歐可米那斯兩國的全部歲入……
……………
卽使他給我的禮物多如海中之沙大地之塵，
卽使如此也無法令我回心轉意，
一直要等到他能使我平下胸中這口怨氣爲止。(9·378)

話雖如此，他還是打消回航的念頭，留了下來。不過，所謂留下來，也僅止於每天在自已的營帳中生悶氣而已。而他的同伴朋友，卻在沙場上繼續苦戰。此地，需要佩脫克拉斯的介入來打開死結。阿奇力士終於答應佩脫克拉斯代他出戰，而不幸他竟一戰而死，死於海克特的手下。英雄一怒而去的主題至此與爲友報仇的主題合而爲一，從某一方面看來，可謂充滿了悲劇性。宙斯實現了阿奇力士的祈求，使他的戰友慘敗而退，然而到了這個要緊關頭時，他卻沉痛的自責道：「大家敗得如此之慘，我又何樂之有？我最親密的戰友陣亡了，佩脫克拉斯阿，你是戰友中我最最愛重的，我把你看得比自己的生命還珍貴；而如今我竟失去了你……」（18．80）無比的痛苦與悔恨，使得阿加曼儂送來的禮物形同垃圾，那些禮物一一以繁文縟節的方式，陳列在阿奇力士的面前，而他卻無動於衷（19．147）。他已經不再有興趣與阿加曼儂爭吵了，他現在變成了一個爲復仇而活的人。如此這般，他回到了戰場，從以前那個「講理的對手」（reasonable opponent）轉變成現在這個「無情殺手」（remorseless killer）（21.100）。他這樣做，到頭來也只不過是發現，復仇是無止境的——光殺了海克特是不夠的，把他的屍體汚辱一番也還是不夠的。

還有一個主題也牽涉進來，那就是在「無爲長生」與「英年早逝」之間，如何取捨。無論在哪一個文化傳統中，這是每一個英雄遲早要面對的選擇。這種選擇，在比較單純的情況下，就像愛爾蘭阿爾斯特(Ulster)地方傳奇中的大英雄古哈蘭（Cúchulainn）一般。當他還是個小孩子的時候，他就知道，將來有一天，當他初嚐拿起武器的滋味之時，便會變成一個大武士，他的名聲會在愛爾蘭永垂不朽，他的故事會在世上永遠流傳。像這樣一個稍縱卽逝的機會，他把握住了。凱特白（Cathbad）說道：「不錯，這一天有其特別之處，任何人只要在這天初試兵器，武裝自己，他就可成大功享大名。不過，也將因此而短命。」古哈蘭道：「能享大名，於願足矣，即使只活一天也甘心㊀。」但是，在帳篷裏生悶氣的阿奇力士卻看不出有任何理由能使他做此一英雄式的選擇；因爲，人家根本就沒有把他當英雄看。他說：「我曾經花了不少日子，跟那種只知保護自家婦女的人打仗，晚上不寐，白天血戰，打來打去，不過是爲了一些女人」（9．325），他把這種戰鬪形容得毫無英雄氣概，就像阿奇恩人打的這一場一樣：正如同他所點明的，爲了一個女人海倫而戰。

在第十九卷中，他提到了他父親，說他「一定在家垂淚痛哭，爲在異邦打仗的兒子擔心，爲了那可恨的海倫，我竟與這些特洛伊人打起來了」（19．322）。在最後一卷，他與他手刃的敵人之父面對面的碰了頭，老王普瑞姆的樣子叫他想起自己的父親。他們二人以前全是快樂無憂的，現在則都愁苦萬端。「家父只有我這麼一

㊀ 古哈蘭是古愛爾蘭蓋爾文學（Gael literature）中最著名的古詩英雄。他是阿爾斯特傳奇故事（Ulster Cycle）中的主角，人稱，「蓋爾的阿奇力士」（The Achilles of the Gael）。他驍勇善戰，膽識過人，年輕時，就因奇遇而武功大進，身經百戰，威震四海。晚年因爲誤殺自己親生兒子，悔恨之餘，向大海挑戰，蹈海而死。關於古哈蘭的傳說很多，版本也有許多出入，以上所舉只是其中最流行的說法。

個兒子，註定早死，他日漸老邁而我卻不能侍奉左右，反而跑到特洛伊城來坐鎮，爲你和你的兒女們帶來了災難」（24・540）。上述主題至此爲之一轉，益形複雜。阿奇力士並沒有因此而變成一個反戰主義者；他選擇了英雄主義，也接受自己馬上要陣亡的事實。然而，他所感受到的不是英雄式的滿足，而是一種悲劇性的徒勞。

故事中對另一特點也有強調，並花了很大的篇幅來探討，那就是阿奇力士是女神之子，可以動用關係，影響諸神插手他與阿加曼儂之間的爭吵。在希臘神話中，人神結合而生的子女不知凡幾。這當源自於古代貴族自詡家世，自謂天資優異乃淵於祖上神人之賜。宙斯既是萬神之神，自然而然的，許多家庭系譜之事，都要溯源而歸於他的名下了。這使他稍後竟贏得「花花公子、調情聖手」（philanderer）的頭銜。不過，人神結合，到底是少數，諸神對這種事多不太贊同，如要發生，那他們也覺得那佔便宜的「凡人」，也該佔得有點道理才行。阿奇力士之母色蒂絲在古籍之中，本是一條美人魚，精通變化之術。一天，在海岸上，派留斯與她扭打成一團，她曾三次變化，或爲獅子、或爲大蟒、或爲大火，派留斯皆緊緊捉住，最後將她制服。不過後來她懷阿奇力士時，卻又回到海中去了。荷馬不願意宣揚這一套怪力亂神的故事。在《伊利亞德》裏，他讓色蒂絲自白道，她是被迫嫁給凡人的，至於細節，則略而不提。有時，荷馬還把色蒂絲形容得像一個居家過日的賢妻良母。但是我們知道，派留斯是獨居無件的，而色蒂絲去探望阿奇力士時，不是從菲斯亞(Phthia)家裏去，而是從深海中出來的。

色蒂絲被「人化」成一個慈母，爲了兒子擔驚受苦，但無論如何她仍是女神。當她去求宙斯插手管自己兒子與阿加曼儂的爭吵時，把整個問題宇宙化普遍化了：在洛特伊戰爭中，雙方各有神明撐腰。諸神也在爲此而大鬪其法，其熱烈的程度不下凡人。在神的爭戰、齟齬與欺詐當中，我們看清了重要人類行爲裏的附加價值，那就是人世間的一舉一動，可以影響天上的統治者。所有重要希臘詩篇，都涉及到人在世上的地位。因爲如此一來，神的存在與本質，正好可用來界定凡人的生命爲何。凡此種種，我們在希臘悲劇、抒情詩，及荷馬史詩中，都可見到。荷馬用色蒂絲這個角色，設計出一個完美的環節，鈎連人與神的世界。她是人間苦難死亡界與上天沉思不朽界的連繫人。

宙斯這個角色，也被荷馬用得出神入化。宙斯也就是一般人所謂的「老天爺」，氣候雲雨雷電之神，或晴空之神，老百姓在求雨時，總是找他。同時，他也完全人格化了，有自己的個性，常常以神的身份出現於各種故事之中，與其他種種事物發生各種關係。當然故事中也免不了要爲他製造許多難題難關，誰叫他是神中之神呢？我們可以看到上述兩種面貌，融合在一個令人難忘的場景之中，那就是當色蒂絲去求他的時候，他正一人獨坐，高高在上。色蒂絲求他助自己的兒子一臂之力，並請他回想過去她對他的種種好處，這次務必要幫一個忙。

宙斯一面聽，一面想到他太太赫拉是阿奇恩人的死黨，如果他答應了色蒂絲，傷了阿奇恩人，赫拉斷斷饒不了他。於是，他靜靜坐在那裏，不發一言。而色蒂絲則百般要求，死纏不放。最後，他終於開口了：

「老實說，這事頗爲棘手
妳這樣會弄得赫拉跟我反目成仇……
……，
所以妳快快回避，免得赫拉注意到什麼風吹草動，
一切都包在我身上了。
好了好了，我已點頭答應，

這下妳總算安心了罷。
在諸神之中，我的首肯是最最有效的保證。
假如我點頭答應，
那我所說的每一個字，都是千金之諾駟馬難追，
而且一定會具體實現的。」
他如此說道，濃濃的雙眉上下顫動；
他永恆的長髮卷曲飄動，飄自他不朽的頭顱，
整個巨大的奧林匹斯都爲之震動不已。（I·497—530）

青天風雨之根本大神，獨自坐在高高的山頂，頭顱輕輕一點，大山爲之震動。在此，他綜合了兩種特性：一是神話中的大神，以個人來說，他有義務知恩必報；另一則是一家之主，以丈夫來說，他未免患有懼內之病。這個綜合顯得奇特而大膽，成了後來比較活躍的行動派神祉（gods in action）的模型，是爲鼻祖。羅馬詩人奧維德（Ovid）㊀，的《變形記》（*Metamorphoses*）中，許多神都是以宙斯

㊀ 奧維德（43B.C.—A.D.17）是羅馬大詩人，以《變形記》一書最爲有名。

為藍本。《變形記》中的神祇在來後的文學藝術中，又有無數的倣品出現，愈來愈浮誇輕挑了。例如數以千記的巴洛克（baroque）式圓形屋頂上，便彩繪着許多源自《伊利亞德》的神仙圖像㊂。連米爾頓的《失樂園》，都與這個傳統有關。不過《失樂園》中所展現的，卻是人神之間複雜嚴肅的一面。在詩中，基督教上帝與其子，在某種程度上，也顯示出一綜合的效果，所謂天神「超越式」的無上權威，與許多特殊歷史事件中凡人「英雄式」的調解力量，綜合在一起了。荷馬有能力使筆下的神祇，在他精心策劃之下，保持崇高超然的形象，即使是在許多神話式的尷尬場面中，亦復如此。荷馬形容宙斯點頭，筆力萬鈞、沉猛有力，是他形容天界的一貫筆法，啓發了希臘大雕刻家菲狄亞斯（Phidias 紀元前五世紀），雕出了最負盛名的傑作「奧林匹亞的宙斯」，成為所有古典雕刻中描摹神界的偉大典範。

荷馬對諸神的描寫，可說是絕妙非常的，使得後來的古代讀者感到不安而困惑，同時也可能使現代的讀者張惶失措，不知如何是好。信神的也好，無神的也罷，都希望神被表現得尊嚴高貴，以道德為關切所有事物的最高標準。上述兩樣條件，

㊂ 巴洛克藝術或建築興盛於十六到十八世紀（1550—1750），受中國藝術之影響甚深，以裝飾過多、曲線繁複、色彩艷麗、畫面充滿了動感，……為其特色。

《伊利亞德》中的神祉沒有一個能夠做到。宙斯不像戰神愛瑞斯（Ares）與阿富羅黛蒂（Aphradite）那樣，親自加入人類的戰鬪，而且還被打傷了。他不像海費事得事（Hephaestus）那樣，易遭人嘲笑。也不像月神阿特米絲（Artemis），雙耳被拳掌擊傷過。我們可以看得出，他有時候，是可以顯得莊嚴偉大的。

可是同時，我們也得接受一個事實——雖然這有點困難——就是那高高在上威儀赫赫的宙斯，獨自坐鎮山巔，一點頭，就震撼整個奧林匹亞山的宙斯，同時也是大神周甫俱樂部（Jovial Society）中的一個怕太太的角色㊃。《伊利亞德》第一卷的結尾，很明白的顯示出，有尊嚴及無尊嚴的神是如何密切的在荷馬式的天神中，混合在一起。我們剛剛讀到，宙斯威武莊嚴的坐在那裏，答應色蒂絲的祈求時，帶着幾分焦慮，生怕太太不肯干休，找他的麻煩，並暗暗希望，要是她這一回一時失察，對此事毫無所知，就好了。起先他淡淡應着，後來才以他那不朽之前額微微的點了幾下，威嚴非凡。宙斯回到諸神之間，大家都起立致意，果然不出所料，赫拉一馬當先，立刻吵了開來。宙斯威脅着要以暴力對付：「我要是舉起我蓋世無敵的雙手，就是全奧林匹亞的神也無法攔阻救妳。」這一下，衆神都被鎮住了，只

㊃ 周甫（Jove）是宙斯的羅馬別名。

有那跛足巧匠火神海費事得事，機伶的想法子把和睦的氣氛給恢復了過來，但見他來回忙着供應瓊漿玉液（nectar）——本來是酒童甘尼迷地（Ganymede）或玉女喜比（Hebe）之事，他卻代勞了——嘴裏還不停的說：「受不了，受不了，你們倆要是老這樣爲凡人的事而吵下去，那我們這場盛宴就要不歡而散，格調全無了嘛！」

這一連串的描寫，顯示出在荷馬式的神仙中，莊重嚴肅與輕浮滑稽是如何的搭配渾成。像這種融合搭配之法，全書隨處可見，通常是在一連串描寫神祇受辱受虐之後，必定接着描寫一下其恢復尊嚴光榮之景。在卷第五，戰神愛瑞斯與愛神阿富羅黛蒂被凡人帶阿米弟（Diomedes）所傷；同卷，阿波羅也發表了他最絕決的聲明，認爲人神之間，毫無溝通之可能；當帶阿米弟企圖攻擊天神之時，阿波羅以雷傳諭：「三思吧泰廸阿斯之子，快退後吧，不要試與神祇爭勝，不朽的神永遠不會與在地上活動的人相等的。」在此，我們已經可以看出希臘古諺：「認識自己」（*Know yourself*）；不是勸大家多反省，而是提醒大家注意這個千錘百鍊的事實：凡人並不能如其所願的成爲天神。在本卷的結尾，愛瑞斯醫好了傷口，沐浴方罷，身着華服，「坐在宙斯身旁，榮光煥發。」即使是赫拉在誘騙宙斯以美色的時候，我們仍然發現，在這狹許女神與老實大神的結合中，天上人間的神聖婚姻於是具體顯現，使天地萬物得以發生。

克隆那斯之子擁抱着自己的妻子，㊄
在他們之下，大地奉上芳草鮮美，
荷花朵朵帶露，番紅花水葫蘆亦水珠點點，
或聚或散，或立或垂，
承托二人，懸離土地。
如此這般，他們雙雙臥下，
金色祥雲團團圍繞四周，
露水晶瑩不斷飄然灑落。（14·346—51）

諸神之所以能超越凡人，是因爲他們內在之神力、神質以及長生不老永不死亡的特性。希臘的神族發展至宙斯，體制已經大定，大家不再像以前那樣相互鬪爭，也沒有神會像宙斯那樣，推翻自己的父親㊅，將他逐出天庭，然後自登大位。假如

㊄ 克隆那斯之子 The son of Cronos 就是宙斯。
㊅ 指克隆那斯 Cronos。

不是有人的話，那衆神這些無上精力，便要不知如何發洩才好了。在更遠古的宗教信仰中，在希臘或世界任何地方，老天爺一般都是在天上俯察萬物萬事，人類有惡，則必懲罰。受了美索不達米亞及敍利亞的詩史之影響，荷馬把衆神集中一處，大家一起監視人類的所做所爲。這個觀念，導至人神的自覺，雙方都以對方的種種來探索界定自己的本質。只有在與凡人的對照下，衆神才會意識到自身的榮耀，及天界的一體性。再者，衆神因特洛伊之戰而分爲兩派，大家都變得熱衷得不得了，然不管怎麼變，他們仍然是坐壁上觀的觀衆，根本無須爲主持天地正義所苦。他們是抱着娛樂消遣的態度而來的，或看着海克特被阿奇力士繞城追殺，或觀賞悲劇一齣次第展開，就像宙斯靜靜看着他自己的兒子撒比頓（Sarpedon）之死一般，無動於衷，毫無下凡救助之心㊆。

人類的行爲，因大神的注意，而有了光彩，同時也更值得神族一顧了；同時，因神的關切，也使得人的行爲相形之下，顯得渺小。我們剛才已讀到海費事得事，反對諸神「爲凡人的事」而爭吵，抱怨這樣一來好好一場歡宴都給糟塌了。凡人雖然

㊆撒比頓在《伊利亞德》裏是利底亞國王(King of Lydia)，父親是宙斯，母親是凡人樓塔迷亞 (Lacdameia) 當宙斯得知，他將在特洛伊之戰中被佩脫克拉斯所殺，便暗暗垂淚，但却沒有去設法搭救。

已重要到使天神關切其命運的程度，但同時仍舊微不足道，用不着天神認眞處理。宙斯的兒子撒比頓被殺時，宙斯悲傷的降了一場血雨召示天下，但他沒有救他。天神「爲凡人之死而悲」，與「凡人之悲」是不同的。此後撒比頓三個字在天界便永遠無人再提。宙斯之悲與普瑞姆悲海克特是不一樣的。在神這方面，只有色蒂絲這種曾一度爲人的，才會有「凡人之悲」。有時天神會以悲憫的態度看凡人掙扎求生，但到了緊要關頭時，則往往別過頭去，裝沒看見。宙斯曾一度助海克特率領特洛伊人打到阿奇恩人的戰船旁邊，殺伐慘烈，血流成河，「宙斯把他們扔在那裏不斷的受苦受難。他別過頭去，眼神炯炯的看着遠方，看着催斯（Thrace）地方的騎士，看着愛斤斤計較的米西安人（Mysians），還有那以牛奶爲生高傲的海匹末落基恩人（Hippemologians），那正直無比的阿比歐伊人（Abioi）。至於特洛伊，他那炯炯的目光，根本看也不看……」（13・1－7）從這些段落之中，兩個世界之平行對比之下，張力便顯現出來了。在地上，苦痛災難一刻不停；在天上，神祉泰然自若，只消一轉念頭，苦難就消失得無影無蹤了，他可以游目四顧，欣賞一下各種異國風情。

天神做任何事情都是從容不迫的。阿奇恩人在戰敗的時候，辛辛苦苦築起一道圍牆，保護自己的營地。於第十二卷中，我們讀到特洛伊必須如何的苦戰，才能將之攻破。可是，三卷之後，在特洛伊人勝利的頂峯時，阿波羅卻輕而易舉的把希臘打得潰不成軍。

只要阿波羅雙手執穩盾牌不動，
那雙方的兵器刀劍便無虛發，死傷無算。
可是只要他一揮盾牌，向阿奇恩的飛騎望一眼，
然後大吼一聲，就可叱咤魔咒
惑亂他們的心胸，叫他們勇氣喪盡。
就像兩隻獵食猛獸，在夜暗中
趁牧人不在的時候，突然襲來，
把牛羣或羊羣趕得驚惶失措。
比諸牛羊，阿奇恩人驚恐逃竄之情
容或過之。（15·318—26）

至於圍牆工事之摧毀，那更容易了：「他不費吹灰之力就把阿奇恩人的長牆推倒了，有如小孩海邊堆沙，先是嬉戲遊玩築沙堡，後是掌推脚踢弄塌了：就像這樣，

你呀神射手阿波羅，把阿奇孚㈧人辛辛苦苦耗時經年所造的工事，一舉粉碎了⋯⋯。」（15・361－6）。對人來說，是曠日費時的苦工；對神，只是兒戲一場。

以上描繪這一幅畫面，用來形容所謂歷史性的大事，也是十分恰當的。在卷第四的一開始，雙方都盡力試圖以和談的方式解決戰爭。衆神在天上旁觀，「相互以金質的高脚杯敬酒，瀏覽着特洛伊城。」宙斯與大家商量着，如何在特洛伊得以保全的情況下，使雙方停戰，赫拉與雅典娜兩個死黨與宙斯針鋒相對，絕不相讓。於是宙斯動之以情的對赫拉說道：

妳真是怪了，不知普瑞姆和他的兒子
是怎麼把妳給得罪了，氣得妳非把
特洛伊的高城巨塔摧毁不可？
好像非攻破層層禁城而入，
生啖普瑞姆父子方肯罷休。
隨妳的意吧，今後我倆不要再爲此爭吵了。

㈧ Argives 也就是阿奇恩人。

我還有一件事情要告訴妳，聽仔細了：
要是我起意摧毀一座妳所寵愛的人間城池，
別想要我消氣平怒，回心轉意，別插手干涉，
就像我勉強讓步不管妳一樣。
因爲，太陽星月之下，人間所有的城池之中
伊留畝在我心目中是至高至尊的㊈。(4·13—49)

赫拉答道：「人間城池，我愛者有三：阿鉤斯，斯巴達，美錫尼；只要你對他們心生怨恨，隨時都可將之毀滅。我不會護衞他們或口出怨言。……」

像這樣的場景，含意豐繁，自不待言。赫拉根本無需解釋她爲什麼恨特洛伊人。而宙斯，雖然要求她說明爲什麼，但隨即又補上一句：「隨妳的意吧」。之後，赫拉就設計使雙方的停戰協定破裂，重燃戰火。宙斯喜歡特洛伊，赫拉則寵愛希臘方面的三個大城，到了《伊利亞德》成詩之時，此四大名城，全都被北蠻人攻陷了，大道通衢，全爲他人所毀，美錫尼文化於是衰亡。當後來的聽衆問起希臘名

㊈伊留畝 Ilium 是特洛伊的別名。

都毀滅的因原時，上述可怕而乾脆的一番對話，就是答案——這一切的一切，都是源於一項大神之間殘忍的交易，其他守護各城的女神，遂紛紛放棄了職守，不再保衞這些名都大邑了。相反的，當蘇美人的名城烏耳（Ur）被艾拉麥玆人(Elamites)所征服後，有許多首哀悼長詩出現，而每首詩都提到烏耳城的守護女神寧該兒（Ningal）爲名城之毀而哀泣，她曾經苦求諸神放過此城不果，憤恨之餘，竟至咒罵諸神。我想，這種情節，對一般信徒來說，是理所當然的，受自己保護的城民遭難，主神當然會難過非常。在此，我們再一次發現《伊利亞德》處理這種題材時，對人神之間關係的看法要曖昧的多。

赫拉與雅典娜之所以仇恨特洛伊，之所以那麼咬牙切齒，誓不甘休，是因爲巴瑞斯當初在「賽美評判」這件事上，得罪了她們。我們先前談到，荷馬把這一段情節給跳了過去，因爲這故事有點玄，不合他的作風，但是兩位女神仇恨特洛伊這件事，卻被保留了，以至於在《伊利亞德》之中，她們的行爲顯得動機不明，玄妙難測。諸神原不必刻意讓人感覺莊嚴神聖，除非自願如此；同理，他們對自己的態度及行爲，也不必多做解釋。在此，再一次的，我們不得不面對下列鐵一般的事實：那就是天界至高無上，人間多災多難，凡此種種詩人希望讀者能夠透視清楚，分別其中之遠近高下。

在《伊利亞德》中，我們看到荷馬也爲特洛伊寫了一段詩，處理大戰中有關海克特的一段挿曲，就詩論詩，這一段的首尾並不太分明。詩人明顯的有意用海克特之戰死來代表特洛伊之滅亡：在第六卷當中，他獨自一人負起保衞特城的任務，血戰殉國後，屍首被阿奇力士以馬車拖在塵土之中繞城而馳；「乃母散髮號啕，乃父悲痛逾恆，兩人身旁，是全城前來哀悼哭喪的人羣，好像雄偉的特洛伊裏外全着了火一般。」（22‧405—11）海克特的妻子安拙瑪琦親看阿奇力士以戰車拖拉自己丈夫屍首於地時的經過，荷馬仍用同樣的象徵手法來描寫。當時，她正忙於家事，手執紡錘，正在紡紗，女侍則正在爲即將戰罷歸來的海克特，備水洗澡。「好癡的女子呵，她還不知道美日女神雅典娜借阿奇力士之手把他給殺了，沐浴之事已然成空。」（22‧445—7）聽到城牆邊人們的哭喪之聲，她奪門而出，正好看到阿奇力士拖着夫君的屍首，無情的絕塵而去。「黑夜突降，覆其雙眼，她頹然倒下，失魂落魄。頭巾委棄一旁，面紗隨之掉落，那面紗呵，是海克特一身盔甲閃亮去她父親家迎親時，金色女神阿富羅黛蒂所贈……」。（22‧466—55）。上述沐浴紡紗云云，並非偶然雜陳之瑣事，而是刻意安排來顯示安拙瑪琦是多麼的賢淑可愛，而她的結婚頭巾落地，亦代表了失去丈夫，婚姻結束等悲慘的事實。

這種手法之運用，我們在別處亦可找到重要有力的例證。《伊利亞德》中所用的重要技巧之一就是對比的藝術。例如海克特是有德之士，公認的好丈夫好父親，是特洛伊的猛將；而他弟弟巴瑞斯則華而不實，專門勾引異國女子，乃一絕子絕孫之徒，在戰場上怠惰疏懶，在邦國中災禍同胞。海克特同時也與阿奇力士相對比：海克特是個擁有無數人情牽扯的人，是一位勇猛而又有人情味的英雄，總是不得已而戰鬪；阿奇力士則是個半人半神的英雄，狂野又孤僻，兒子一生下來就送到遠方寄養，是死是活，他全然不知。他戰鬪因爲他是戰鬪英雄，在佩脫克拉斯死後，受了天神之助，全身充滿了超人的能力與勇猛，銳不可當。

阿奇力士也被用來與阿加曼儂對比，阿加曼儂的勇氣不及前者，時而莽撞蠻橫，表現過份的自信，時而卑弱退縮，充滿了失敗主義。故他老是用地位來壓人，以便掩飾自已的心虛。整體說來，阿奇恩人與特洛伊人就是一個對比。特洛伊人比較浮誇，裝束艷麗，聲音喧嘩，在戰場上紀律不佳。他們向阿奇恩人挑戰決鬪，結果敗下陣來。當兩軍對陣之時，「特洛伊人一擁而上，又叫又喊，有如鳥羣——就好像羣鶴長鳴，奮起而飛。……反觀阿奇恩人，默默推進，互通聲氣，行動一致，一心一意，相互扶持。」（3·2—9）當然，特洛伊人絕非可鄙之族，海克特、安撫瑪琦、普瑞姆等，都有悲劇性的深度。交戰雙方在荷馬詩中所顯示出的異同，絕非希臘愛國主義式的反映；特洛伊人所表現出來的特色，正是我們在巴瑞斯身上所發現的——一種輕舉妄動的習氣，導致這場大戰的爆發，同時也預言了他們終將失敗的命運⑩。如此一來，全詩所呈現的故事就非常統一了。這種看法，老實說是訓誨式的，雖然詩人寧願以較含蓄的手法來把教訓表達，但無論如何，仗是特洛伊人挑起的，從各方面來講，都應該是特洛伊敗才對。全詩從最寬廣的架構上來說，儘管天上諸神各別自行其是，其情節大體之安排，主要仍在表現人間之事冥冥總有果報，正義終將得到伸張。

上述對比也在許多有代表性的場景中出現。《伊利亞德》是從戰事的第九年開始講起，不過詩人用的間接手法（indirect method）使其可以在當中挿入一斷戰爭開始時的場景。卷二，兩軍對陣，長長一排大將，互報姓名，最後，阿奇恩人終於開始向特洛伊人推進，銅盔閃亮如森林大火，大地在他們的步伐之下呻吟做響（2·455—66）。使者傳信給老王普瑞姆，共商如何退敵之大計：「老王爺，你怎

⑩ 此地作者強調荷馬並沒有因愛國主義而故意把特洛伊人形容的比較浮誇不實，不堪一擊。

麼還像昇平時那樣，凡事一討論就沒個完，現在是戰爭迫在眉睫啦。不錯，我大小戰役也經過不少；可是我從未見過如此精銳的部隊，眞是偉大非凡……。」（2．796—9）特洛伊大軍也推進迎戰，叫喊之聲不絕於耳，阿奇恩人則默默無聲，但見「巴瑞斯一閃而出，俊美如神，是爲特洛伊人的主將，雙肩掛着豹皮，並且佩上彎弓長劍。揮舞着兩枝長槍，他上前叫陣，向所有的阿奇孚（阿奇恩人之別名）首領戰士單挑」（3．16—20）。海倫的丈夫曼尼勒斯立刻接受挑戰，「俊美如神的巴瑞斯看到他站到陣前，但覺一陣心驚膽戰，勇氣全失，退回陣中。」後來還是海克特逼他穿上盔甲，去面對他傷害過的那個人——曼尼勒斯。結果，決鬥失敗，巴瑞斯被阿富羅黛蒂救回療傷。羞愧不已的海倫不情不願的受女神之命，來到病榻之前。如此這般，海倫與巴瑞斯雙雙在床上恬臥，而曼尼勒斯卻像一頭猛獸一樣的四處追殺尋仇：「特洛伊人與其盟軍都無法找到他的下落，他們並非因愛護他而藏匿他，事實上，大家都恨他像恨黑死病一樣。」（3．448—54）

很明顯的，上述種種，都是屬於開戰初期之事，也可以說是兩軍第一次交戰中所發生的事：老王普瑞姆獲得軍情快報，雙方英雄代表，決定採決鬬方式來贏得海倫。這一點，在下面這個例子中，尤其明顯：普瑞姆登上城垣要海倫幫他指認平原上的阿奇恩大將。假如此事是發生在開戰九年之後，那就太奇怪了。在此，我們也看清了巴瑞斯到底是怎麼樣的一個人：他不穿盔甲而披豹皮，外表華麗耀眼，正好與其性格相配，他對曼尼勒斯那種輕率的挑戰，還有一上陣就手忙脚亂一敗塗地等等，可謂他浮誇本性的綜合反映。他眞是一個華而不實的繡花枕頭。海倫此時已經後悔當初與他私奔，可是事到如今，已是騎虎難下，就像特洛伊人一樣，大家雖然恨他像恨黑死病一般，但卻不得不披掛上陣爲他而戰。而他本人此刻卻和他偸來的「人」，雙雙躺在床上，海倫是註定要和他廝守在一起了。這一連串的情節，在詩人巧妙的安排(sleight of hand)之下，好像自然而然的就是以「現在式」的方式在進行着。至少從讀者這方面看，是如此。這樣一來，詩人便可從容的把各個人物的個性及其行動的意義，向讀者交待明白。

在卷六也有一個相同的片段。在卷五中，阿奇恩大將帶阿米弟，做了幾件了不起的大事。其中最重大的一件，就是與阿富羅黛蒂鬪爭，而本節的主題「阿奇恩人之敗落」與「人神鬪爭」的插曲一比，簡直是微不足道了。海克特回到特洛伊城，要衆婦人向諸神祈求幫助，尤其是希望雅典娜賜一臂之力。此事又是一奇，照常理來說：假如從戰場上要派人回去處理此事的話，人選多的是，爲何要勞動特洛伊第一大將呢？可是詩人卻設法使讀者接受了，這全是從「詩的效果」(poetic benefits)着眼的，為了詩情濃厚起見，不可能也就變得可能了。

海克特回城後，連續碰到了三個婦人。首先是他的老母，賢明慈祥的赫枯巴，她要他略事休息，並奉上美酒一杯，「有恢復疲勞，增強體力之效。」海克特婉謝了：「母親，不要以美酒相勸，我怕喝了之後，心志一鬆，戰鬥的勇氣便消失了。」他隨即轉往巴瑞斯的住處，叫他重回戰場；發現他在臥室中，在海倫與眾女侍面前，舞刀弄劍，眞是一張標準「銀樣蠟槍頭」(譯按：Women's Warrior 只會在女人面前呈英雄的人)的剪影。巴瑞斯答應重回戰場，海倫在此，適時的來了一番動人的勸詞，她說她眞希望自己要麼一生下來就夭折，免得惹此巨禍；要麼就嫁給一個有自尊顧公義的男人，像海克特一般的。此處讀者當能會意，那就是她不要像巴瑞斯這樣的。「快請，快請在此一坐。」她對海克特道，「我惹的禍，卻讓你來承擔煩心，哎，都是我這個賤人與那個荒唐的巴瑞斯所幹的好事。」又一次的，海克特婉拒了她誘人的邀請及陪伴，只說他要立刻回戰場。在回去之前，他還要去看看妻子幼兒㈡。

㈡ 海克特親自回特洛伊之事，原無可厚非。他以主將及長兄之尊，方能說動巴瑞斯重披戰甲。僅此一項任務，就非他不可，無啥可怪。

安拙瑪琦並沒有待在家裏，她抱着兒子站在城牆上觀戰。她求海克特：「你那不要命的勇猛會使你喪命的，你是我的全部……可憐可憐我吧，留在這城牆之上不要出戰，要不然你的兒子將成孤兒，妻子將爲寡婦。在這城牆最最容易遭受猛攻之處……。」我們可以看見，此種手法在卷第六重覆達三次之多，而其感情之力量是一次比一次加強。她妄想把他征戰的丈夫留在身邊，留在她安全舒適的自我世界之內，這種想法，也一次比一次強烈。

對安拙瑪琦，海克特也以前所未有的激動回答說，他知道特洛伊城的命運已經註定，他只希望他能早早戰死，以免城破之後聽到她哭喊着被敵人拖拉入俘虜營中，充當奴隸。兒子小腦袋的後邊是太太含淚微笑的臉，而丈夫則在安撫了太太（像所有的軍人所能做的）之後，依舊回到戰場之上。在上述場景中，我們不但看到兩性間在自我世界與德性品質上的基本對比，同時也看到海克特美滿婚姻與巴瑞斯罪惡通姦的對比。後者絕子絕孫，一味在官能上追求享樂，這使得海倫看不起她的丈夫，叫他還不如上戰場，戰死算了。女人常希望男人有決心拒絕她的誘惑，投身槍林箭雨之中。而巴瑞斯的輕浮，無可避免的，導至了安拙瑪琦母子的滅亡。上面一連串的情景，全都是爲呈現其事件之特殊意義而設計的。

我們剛才提到兩性之間品德之差異，在此，我們不妨也順便討論一下大家認爲青年與老年應該具有什麼樣的品質：大家多認爲年輕人莽撞而火爆，老年人謹愼而有遠見。在古代社會中，好女人通常擁有貞潔、美麗、勤儉等美德，大男人則勇敢，強壯而獨立。因此，當阿加曼儂聞說大家要他放棄擄來的克莉西施（Chryseis）時，在狂怒中一時失察，對衆阿奇恩人說出了下面這段話來：「我之所以把她看得比我髮妻克萊特母妮絲屈（Clytemnestra）還要重，是因爲她在美貌、身材、智能及手工上，都毫無遜色。」（I•113-115）上面所謂的「智能」，他是指像奧德修斯的太太潘妮羅珮那樣，能夠仔細衡量狀況，設計拖延，以便擺脫那些求親者的要求。一個老頭目聽到此言，便讚道：「他一句話便道盡女人的所有優點」（由此可知，希臘人喜歡身材修長的女人）。有人也許要反駁說，上述種種女人的美德，都是從男人的價值觀來看的，不過，所謂勇氣、強壯等等男人的無上美德，也大都是從女人們的觀點來論的。人類社羣在古代經常生存在戰爭的邊緣，非常容易被敵人殲滅，要想生存，就必須靠勇武的男人不可。沒有海克特，安拙瑪琦早就變成奴隸了。

還有一件値得注意的事，是上述幾項倍受推崇的美德，並非純道德的。純道德的品質，要在幾個世紀以後方能達到某一特定的水準。到那時，其貌不揚而又被雅典市民判死刑的蘇格拉底，才會被當做至善的典範；而柏拉圖也才能夠主張男女的本性與品德是應該一般無二的㊂。不過，即使像柏拉圖這樣有地位的哲學家，以及他以後的許多哲學家不斷宣揚此一觀念，古代一般人還是難以完全接受。可能一直到現在，一般人心目中還是十分看重一些荷馬式的價值觀。雖然自中古以來基督教以及許多哲學家不斷的宣揚，對世人來說，只有一套價值標準，而且明確非常，一定是道德的，每一個都該遵奉，毫無例外。荷馬式人物的價值標準以「利己」(Selfinterest) 爲主，但「利己」並不表示他們不講「道德」(moral)、忠誠，專一、自我犧牲是他們行爲的中心標準，無論男女，都一樣。太太可以要求丈夫忠誠——而唯有「賢能理智之人才會愛護關心妻子」，阿奇力士如是說（9·341)；奧德修斯的父親花高價買尤瑞可莉亞 (Eurycleia) 爲女侍，「待之以禮，尊之如妻子一般；但他從來不碰她一下，以免太太吃醋」(i·430-3) ——就像戰士有權要求他的袍澤不可亂來一樣（9·628-45)，英雄們也要遵守道德的約束。

㊂ 蘇格拉底在雅典青年之間，講授他的學說，被市民代表控以「蠱惑青年」之罪，判處死刑。蘇格拉底雖然不服，但在「惡法亦法」的觀念下，依法入獄，絕不逃走，最後飲毒而死。

《伊利亞德》是一首英雄詩，它使觀衆面對故事中人物所面對的問題，那就是英雄是什麼？全詩就集全力探討這一點。要想把這一點搞明白，省察一下荷馬式的寫實主義是必須的。我們可以發現「伊利亞德」中的世界及人生是高度規格化的，但卻仍然可以滿足讀者對寫實的要求。我所說的滿足，不但出現在事件由一刻轉到另一刻時之說服力上；同時，往深一層看，人生許多重要的中心問題，也均處理得當。

在全詩的敍述過程中，沒有一般所謂的天氣描寫。詩中有雷鳴，但只是宙斯計劃降災的前奏，或苦難即將來到的預示。當宙斯的一個兒子戰死時，做父親的立刻降下血雨，以顯示此事之非比尋常。當戰場上打得天昏地暗血流成河時，便有烏雲來將戰士籠罩。凡此種種，我們皆可看出天氣之存在，只是爲了反映或加強戰場上的事件而已。我們甚至不知道戰爭開始於何季何月。同時，以地形而論，戰事場景的替換，也顯得很不統一。在全書一開始，流過戰場的那條河是又小又不起眼，兵士越過，毫無困難；可是到了卷二十及二十一，這條名叫史卡曼達（Scamander）的河便洶湧得可怕了，爲二十一卷卷尾的一件大事埋下伏筆，那就是阿奇力士奮戰史卡曼達河。到了第二十二卷，我們又驚奇的發現，史卡曼達河竟是兩道淙淙細流，一冷一熱，流過特洛伊的田野，而在此之前，這個地帶是從來沒有出現過溫泉的；同書的另一個地方卻說，此河源於伊達（Ida）神山之山坡，這個說法是比較能讓人接受的（22・147，12・21）㊃。為情節需要時，樹石就一一出現了，不需要時，便又付諸闕如。

在英雄史詩之中，不描寫一些微小的身邊瑣事是當然的。不過，其他英雄詩的傳統，如愛爾蘭等，便不這麼絕口不提。還有一點值得注意的是，即使是戰鬥場面，也是用高度規格化的寫法。而英雄式的決鬥為其重點，無比冷靜客觀的描寫一場戰鬥中，英雄紛紛被剹的情景，篇幅之大，動輒數百行。在荷馬的詩中，英雄不會像阿哈布王㊄，被偶然的流箭射中而死，或像哈羅德王（King Harold），因流矢中眼而死。荷馬式的英雄一旦受傷，非死即退，退回營地療傷，以便他日再戰。所有在戰場上的詭計及叛逆，在詩中都無法得逞。例如，有好幾次，一個阿奇恩英雄被一大羣特洛伊人截斷後路。他們一湧而上，打他一人，然他卻能全身而退；沒有任何英雄會在埋伏下喪生的。

㊃ 伊達神山在特洛伊附近，巴瑞斯曾在此處牧羊，「賽美裁判」的故事就發生在此一處。

㊄ King Ahab 聖經中的以色列王。

以前我們提到過，所謂的神怪式的魔法武器，在書中是完全看不到的。剩下來的，只有以下的畫面：一個英雄面對另一個要置他於死地的英雄。當他們兩相纏鬬之時，整個世界便默然的被扔在一旁。兩雄可以相互叫陣或挑戰，好像生來就爲激戰而活似的。這種一決雌雄的場景，正是西方傳統電影中慣用的技法：事實上，如要找荷馬式決鬪的現代版，一般電影裏多的是。

荷馬詩中，全部精力都集中在英雄對決上，其他一切事情，都從中抽離，使之模糊，然後消失，而且常常是規格化或公式化的消失。從某個角度來看，凡此種種，都是非寫實的，所有的英雄都以超人的姿態出現，更加強了詩的效果。當兩雄相互拼殺時，其力量之展示已達最高峯。全書從頭到尾，都把英雄與神相提並論：「像戰神愛瑞斯一般」，「像天神一般的人」，「神一樣的」，「好像金剛不壞的神祉」——這些都是形容那些勇士們最常用的辭彙。當形容阿加曼儂統帥大軍時，便說他「頭眼如喜做雷鳴的宙斯，腰如戰神，胸如海神」(2·478)。老王普瑞姆提到兒子海克特時，說「他是人中之神，迥非凡夫俗子，應是從天而降」(24·259)。

英雄生前，似神而受神寵愛。當他赫然一怒，氣壯山河，被比喻成獅子、野豬、狂風、大水、一場森林大火、一顆雲中明星；他盔甲閃耀如日，雙眼明如噴火，胸中充滿爆怒，勇不可當，身手矯健敏捷，快速非常。受諸神鼓舞，他一躍而起，長嘯一聲，撲向敵人。及其被劉身亡，詩人更詳細描寫其垂死的刹那。一個在撤退時，背後中了一刀，倒在塵土之中，伸手向戰友們求援；另一個則大吼一聲而死，雙手緊抓着染血的大地；或是口咬銅刃，刃下之舌，一斷爲二；或是在肚臍、在陽物附近，遭到重創，對男人來說，這幾處可說是最痛的地方了，傷者絞痛得如一頭在槍矛之下五花大綁的公牛。有的，則在求饒時被一槍刺死，肝腸隨長矛而出，雙膝滿是鮮血，可怕的黑暗籠罩了他，他的靈魂逕自前往地府哭訴命苦去了。青春、活力全部散如雲烟。

在如此猙獰可怖的死後，只留下一個黑暗冷酷的世界給靈魂，在黑地司（Hades)腐朽的府第中，只剩下一個無知無感影子似的存在，永遠與充滿光熱的人生活動絕緣。因爲詩人早就把各種可能的死後報償與福祉，完全排除了，堅信死就是所有甜美事物的終結。同時，他也明白的指出，生死是判然兩個不同的世界，中間完全斷絕，毫無溝通的可能。死者毫無超自然的能力，更無法對陽世人有任何影響，這與世界上大部份古代社會所持的看法，都大不相同。而事實上，荷馬同時代的人確有祭墳之俗，認爲死者生前能力很大，死後當然更是能力超人。荷馬的觀念，再一次顯示出其獨一無二的特色。

荷馬所用的種種寫法，讓人看出生前死後是多麼的不同，並使兩個世界對比鮮明。在生前，英雄力大無窮，活力充沛，威儀赫赫；每上一次戰場，就要冒一次生命危險，經歷各種恐怖慘烈，面對最後的命運。沒有一個英雄能完全免於可恥的恐懼之感，卽使是阿奇力士，也不例外。也就是因爲這一點，儘管全書中的戰爭場面，有許多公式化的描寫及細節的省略，卻依然讓人感到荷馬處理戰爭的手法，還是很寫實的。（在《伊利亞德》中，我們可看到與一次大戰前後詩歌所運用的相同手法，那就是只描寫戰死者的悲慘壯烈，而省略受傷者的苦痛煎熬。）全書各章都籠罩在死亡這件眞切無比的事實上，那就是戰士們一具具的屍體，再也沒有比這個更具體更恐怖的景象了。誠如第一卷中所言，阿奇力士一怒，「千萬英雄的健偉靈魂，全被打入陰曹地府，遍野橫屍，任由土狗爭食、野禽歡宴，至此方合了大神宙斯之意。」英雄們所面對的，不僅是一死而已，同時還要面對種種死後噩夢式的恐怖，屍首被敵人打爛，被禽獸吞食。在撒比頓及佩脫克拉斯的屍首之上，《伊利亞德》中最慘烈的大戰正如火如荼的展開，全書最後以海克特的屍首爲中心，結束全詩。阿奇力士恣意侮辱海克特的屍首，遭到諸神的阻止，最後終於被其父老王普瑞姆，求得全屍而歸。只有最有名的英雄在死後方能享受朋友迎屍而葬，或諸神保屍而還的待遇。至於其他一般無名之輩，依荷馬的描寫，則多半屍身爲戰車所輾，鮮血染輪軸而亡（20·499），運氣較好的，則能在次晨被馬車一起抬走：

太陽從平靜「大海」之流的深處㈥
向天空爬昇，重新照射戰地原野。
此刻，兩軍正在對壘，
他們都熱淚滿臉，忙着以水清洗屍體上的
點點血塊，然後一一搬運上車。
老班普瑞姆下令不許哭出聲來；
滿懷悲痛，特洛伊人默默的將屍體
堆上了焚屍架，把火點起，
然後回防特洛伊，加強禦敵工事去了。
同樣的，阿奇恩人在他們那邊

㈥ 希臘人認爲大地圓如鐵餅，四周圍繞一條大河，名叫「大海」（Ocean）。

也如此這般的堆屍上架
心懷悲痛……（7·421—31）

如此陰森的強調死亡之可怖，顯示出《伊利亞德》絕非天眞或感傷化的在那裏歌頌戰爭。一般對戰爭的高調，多着重在說「戰爭是衆人揚名立萬之地」，要不然就是「悲哀眼淚之源」。這兩種看法都有其眞實性。當我們看到阿加曼儂與海克特被比擬成天神時，我們立刻會察覺到那背後所含有的複雜意義。因爲那時阿加曼儂正一步步的被宙斯推入大難之中，而海克特則戰死沙場，屍首落入強敵之手。更尖銳的是，當宙斯之子撒比頓戰死後，兩軍互相爭奪其屍體。「當此之時，即使目光最犀利的人，也認不出來那是俊美如天神的撒比頓了，渾身是槍箭等兵器，從頭到脚，血泥處處」（16·638）。生前如神，死後竟落得這般下場，哀哉！對荷馬來說，人的偉大與脆弱，牢不可分的結合在一起。而英雄之所以爲英雄，正是源於這兩種元素的奇妙結合。天神長生不老，但又酷似人類，尤其是人類中的英雄，他們的存在使荷馬在對照兩者之間的異同時，更能夠把他對人性的觀念活潑而廣博的刻劃出來。

茲再舉一例，以證明上述手法是如何產生簡潔有力的效果。當佩脫克拉斯應阿奇力士之召，去從事戰鬪任務時（後來阿奇力士也因此重返沙場，終而戰死），荷馬以下面這一行詩來形容他：「他閃身出陣，猶如戰神；這就是他鑄成殺身大禍的開始」（II・604），我們一方面看到他立於人生榮耀之巔峯，同時，也看到他只不過是一個脆弱的凡人而已。

人可以像神，神可以愛人。宙斯本人就對海克特、撒比頓、佩脫克拉斯、阿奇力士愛惜有加；同時，對阿加曼儂也十分照顧。特洛伊這邊的衆首領，從他們每個人的固有名號看來，可知都是宙斯的後裔；而宙斯自己也親口說過，普天之下，就是特洛伊最得他的歡心（4・444）。可是到了《伊利亞德》的尾聲部份，撒比頓、佩脫克拉斯、海克特等人，都戰死了，阿奇力士不久也要陣亡，特洛伊城註定被毀；阿加曼儂大王不久就要領受到宙斯給他準備的嚴厲懲罰，將他欺瞞羞侮一番，爲阿奇力士報一箭之仇。赫拉曾對阿奇力士的父親派留斯說：「對天神而言，他是全人類中最受鍾愛的，諸神一定全都會來參加他的婚禮」（24・61），可是等到派留斯蒼老堪憐之時，他的兒子卻抱怨道：「神甚至連他都要降災，他不能爲他家留下衆多壯丁，連唯一的兒子，都註定要夭亡；我不能在他日漸老邁之時侍奉左右，反而跑到特洛伊城來坐鎮，爲你和你的兒女們帶來了災難。」(24·538)。

當海克特被阿奇力士追殺之時，所有的天神都注意觀看，宙斯嘆道：「唉，我看到自己鍾愛的人被追得繞城而奔，呵，我的心爲海克特而絞痛」(22·168)。他自己的兒子撒比頓戰死沙場，屍首爲血泥所掩，幾乎無法辨認，而「宙斯則一直以烱烱雙目盯着這一場大戰，連眨都不眨一下」(16·645)海克特死後，阿奇力士凌辱其屍，拒不歸還安葬。老王普瑞姆跪於庭前，匍匐在牛糞之中，哀痛逾恒；宙斯特派彩虹女神、神仙使者愛阿瑞絲告訴他，叫他逕自到阿奇力士面前去求情。女神說：「天邊的宙斯可憐你關心你。」凡人只有在受苦受難時，才能夠諭請天神，並得到愼重的關切，而上天的目光，多半集中在最悲最苦的人。就是因爲他們註定要有悲慘的命運，宙斯才會關懷他們，這個觀念後來發展成爲一種老生常談的論調：「天妒英才」(「天才早夭」或「得天獨厚者必早夭」those whom the gods love die young)。這種觀念在《伊利亞德》中卻是一種獨特的悲劇人生觀及世界觀。尤其是英雄們施展放射其英雄主義之光芒時，往往突遭巨變，死於非命，打入冥府，一去不回。這都是因爲他的存在既新鮮耀眼又活潑異常，深深吸引了上天的目光，在此光影交替之間，宙斯看淸一切，賞識英雄之所以爲英雄的本色。所謂的本色，是指其一方面威武如神，一方面又非常人性而言。

書中大部份的角色，對事件背後的悲劇性質，都無甚洞見。海克特與佩脫克拉斯兩人都被一時的勝利沖昏了頭，無法認知到勝利是暫短的，在宙斯的安排中，這只不過是他們命中註定的失敗與死亡之開端而已。只有少數幾個人能夠眼光遠大，領悟較深。

大家爲了海倫在那裏殺得昏天地暗，而海倫自己卻在一旁對全局有縱覽透視的能力。荷馬告訴我們，她以歷史性的人物自居，認爲後代將記住她在此次大戰中所扮演的角色。當曼尼勒斯與巴瑞斯二人爲她決鬭之時，彩虹女神愛阿瑞絲翩然降臨，準備帶她到城牆上去觀戰，（在此我們可以加一句，把她擺在城上，實在像個獎品一樣）。愛阿瑞絲發現海倫，正在一個大織布機前編織故事地毯，「上面繡出許多戰爭的場面，特洛伊的精銳騎兵與阿奇恩人的金盔銅甲對陣，兩方爲了她所受的種種苦難都繡了出來」（3·125）這一段象徵性濃厚的場景在稍後更明顯的表達出來。當海克特來找巴瑞斯勸他重回戰場時，海倫殷勤的讓座，並說道：「我惹的禍，卻讓你來承擔煩心，哎，都是我這個賤人與那個荒唐的巴瑞斯幹的好事。大神宙斯讓我們命運多乖，以便後世之人把我們掛在嘴邊吟唱傳誦」（6·355）。在

「奧德塞」中，海倫的形像與這裏差不多。奧德修斯之子泰勒馬可士千里尋父，到了斯巴達曼尼勒斯的居處，臨走時，曼尼勒斯當然有禮物送行。此時，海倫竟也出人意料的奉上禮物一件，那是一襲她親手織的女裝：「我也送你一件禮物，是海倫我親手織的紀念品，給你的新娘子在你大喜的日子中穿用」(XV．125)。她明白此衣將因是出自她的親手所縫而名貴，她自己自稱時，竟也連名帶姓，儼然歷史名人一般。任何新娘子，要是能穿上傳奇人物海倫所製的衣裳，不感到受寵若驚快樂無比才怪。而海倫之所以能成爲傳奇人物，不是因爲她的品德成就，而是因爲她的罪惡與苦難㈥。

在「奧德塞」的其他部份中，類似的觀點一再出現。阿西諾斯王告訴奧德修斯說：「天神們早把特洛伊人與阿奇恩人的命運安排好了，同時也把毀滅的命運之線給織了進去，如此這般，他們的故事就會被後代人掛在嘴邊吟詠傳誦了」(Viii．578)。泰勒馬可士也曾經要求母親潘妮羅珮耐心傾聽有關阿奇恩人多災多難自特洛伊回航的歌謠，聽了之後，她便會了解到，除了她之外，其他許多人也一樣在宙斯的左右下，受盡痛苦折磨。

㈥ 海倫闖了如此滔天大禍，却未被懲罰，此點值得讀者深思。

苦痛產生了詩歌，通過詩歌，我們了解到痛苦或苦難原是人類共同的命運。阿奇力士之所以偉大，是因爲他看清了這一點，這是海克特與阿加曼儂所比不上的。當海克特殺佩脫克拉斯時，垂死的佩脫克拉斯預言殺他的人不久卽將喪生於阿奇力士之手。海克特卻傲然答道：「佩脫克拉斯，你憑什麼預言我死定了？誰知道呢？說不定阿奇力士，色蒂絲那個寶貝兒子，會先拜服在我的長矛之下，死於非命？」（16·859）。然後荷馬故意用下一個場景與此對照。當垂死的海克特警告阿奇力士，說他不久卽將喪命於巴瑞斯及阿波羅之手，阿奇力士平靜答道：「死就死罷！至於我的死，那要看宙斯與諸神的意旨，我隨時接受，毫無問題」（22·365）。阿奇力士接受他自己卽將死亡這件事，他那神仙媽媽早就預言他的死期已近。他這種坦然接受並面對死亡的態度，使卷二十到二十二中描寫他那種狂暴血腥大開殺戒的做法，有了相當的理由，讓讀者覺得可以忍受之餘，還興起一絲敬意。尤其是當他與特洛伊王子萊孔（Lycaon）大戰時，他所持的態度，特別令人難忘。萊孔爲老王普瑞姆之子，被阿奇力士俘虜後，賣爲奴隸。不久，他的戰友籌錢將他贖回。十二天後，阿奇力士又再度與他碰上了。萊孔逃命不成，只好鎭定下來，手無寸鐵的向阿奇力士求饒，他抓着對方的長矛，不斷哀求，然得到的竟是可怕的囘答：

「勇敢些，我的朋友，該死就死吧；
何必悲傷如此？佩脫克拉斯都死了，
他可是比你要強太多了。你難道沒看見
我是何等的俊美英武？父親是英雄
母親是天仙——但卻仍然難逃一死
難逃命運的撥弄。不久之後，
或早或晚或中午，有人將取我性命，
或一槍而斃，或一箭而亡。」
如此這般他說着，可是萊孔的勇氣力量，
皆不濟事，他棄甲曳兵而坐，毫無抵抗之力。
阿奇力士抽出利劍，朝他頸部骨頭殺去
一劍雙刄砍將進去……（21·106—19）

阿奇力士能看透生死，冷酷無情，視死如歸，了無畏懼，這種毫無幻想，實事求是的力量，把另一種英雄主義的規範及特質表現出來了。（見本章頁35至36）這種態度表現的最高潮，當在本書最後一章，他與老王普瑞姆相遇之時，這一景也可能是全詩的極至之處。老王夜間獨行，身懷贖金，企圖贖回兒子海克特的屍首。他闖入敵營，走到殺子大仇的面前，吻其雙手，求他收下贖金，並請他想想他自己年老無依的父親。

> 老王普瑞姆這麼一說，勾起阿奇力士
> 想為老父一哭之情。他伸手拍着老王的手臂
> 輕輕將他推開。兩人各自為死去的親人傷神；
> 普瑞姆跪伏在阿奇力士的足前，哭他那號為斷魂手的兒子海克特，
> 阿奇力士則哭他自己的父親，哭他的亡友佩脫克拉斯……(24・507—11)

然後阿奇力士扶老王入座，感慨良多的大發議論，把荷馬最深刻的人道主義精神，表達無遺。凡人皆必受苦，此乃天意，而「天神自己，卻無憂無慮」。阿奇力士的父親派留斯，雖得諸神鍾愛，但到了老年，仍然要受孤苦無依之難，而我這做兒子的「反而跑到特洛伊來坐鎮，為你和你的兒女們帶來了災難不幸。老人家啊，

我們以前已聽說過，你是個有福快樂之人……」(24・540)。全詩本可在海克特被殺之時結束，但卻沒有。荷馬安排的結尾，絲毫沒有英雄式勝利狂歡的氣氛，反而透露出一股深沉的哀傷，當敵對雙方的主帥相遇，他們竟能站在同一水平上，看到感到人生的深層悲哀，既不自憐也不尖酸，他們共同認識到，這就是人類生命中的基本共相，兩人都意識到彼此相同之點，那就是人壽有盡，苦難無邊。阿奇力士不顧普瑞姆的矜持固辭，堅邀他入席共食，這是一個永恆的象徵，象徵雙方的圓融和好。之後，

> 當兩人飲罷食畢，達大那斯之子大王普瑞姆
> 開始稱讚阿奇力士，俊美英武之姿，令人仰望如神。
> 阿奇力士也力讚普瑞姆，瞻仰他威儀赫赫之容，
> 聆聽他老成智慧之音。(25・628—32)

即使是在這種場合，希臘人也表現出對美的敏感，美不但現出在年輕的戰士身上，同時也出現在老王身上，使全詩最後這一景格外動人。我們可以很清楚的看見，荷馬利用這具體的一景把他對美的觀念展現出來，那就是經過苦難艱險之後，美才會

顯現。上述兩人之所以能聚在一起，是因了一個可怕的事實，那就是阿奇力士殺了海克特，而戰爭尚未終結，一直要戰到特洛伊被夷平爲止。然這次相遇，卻使雙方都能展現無比高雅之行爲，以禮相待，並且相互認識到人性，本來就是偉大與脆弱的混合。

從上述的觀念中，發展出許多思想，在後來的歐洲歷史中佔着重要的地位。首先，順天命的思想（accepting destiny）使人們在忍受命運的擺弄時，不只是認爲無可奈何，而能更進一步的超越轉化，使單純的忍受變得崇高莊嚴起來。這也就是阿奇力士與海克特、阿加曼儂的不同，前者能夠了解到此點，後者則否。斯多噶（Stoics）學派（堅忍學派）從西元前三百年開始，便一直強調使自我的意志（will）與神的意志互相認同之重要。正如西尼卡㊆所言：「你如果努力，命運便拉你一把；如果不努力，便扯你一把」（Fate leads you if you assent, drags you if you do not.）這種思想後來一直流傳下去，到了基督教時代，又變成了基督徒的重要信條㊇。凡人抱怨天道，是無用的。我們從荷馬處，不但可以學到順應自然之

㊆ Seneca 4. B C.?-65 A.D. 羅馬政治家、哲學家及悲劇作家。

㊇ 這也就是中國所謂的「自助天助」，「得道者多助，失道者寡助」的意思。

道；同時，也可學到如何自覺的以英雄式的態度來對抗命運冷酷的左右。

下面，我們有個絕妙的例子，可證明希臘精神對近代人物的啓發，英國十八世紀上院議長葛蘭威爾（Lord Granville, 1690-1763, Earl of Granville, John Carteret）的軼事，便是希臘版的純正貴族精神之再發揚。葛蘭威爾是一七六二年的英國議長，在任內完成巴黎和約（Treaty of Paris）。羅伯特·伍德（Robert Wood）當時是他的秘書，在葛氏去世前幾天，抱着和約的草稿去探病之後寫下了這段故事：『我發現他是如此的虛弱不振，便提議說下次再來討論好了。但他一定要我留下，並且說，絕不能爲了延長自己的壽命而躭誤公事。然後便引誦荷馬史詩中撒比頓的名句一段（12·310—28：葛氏以希臘文背誦道）：

我的朋友們，如果爲了大難不死，長生不老，
我就不該跑到第一線上去戰鬪，我也不該
鼓勵你英勇從戎，揚名立萬。
不過，現在事已至此，死亡之命運層層的在
嚴密監視着我們，凡人既然無法逃過此刼，
那就讓我們大步向前吧。

他老人家再三重覆最後這一句（也就是英文的 let us go forward），語調平和而堅定，默默的忍受着病痛。他嚴肅凝重的停頓了一會兒，過了幾分鐘，他說他想聽聽條約的內容，而且是全神貫注的在那裏仔細聆聽，然後打起精神，在臨終之前，以他政治家的風範，批准了這項條約（讓我引他自己的話來形容）「這是我國史上所見過最光榮的戰爭，也是最有尊嚴的和平。」』

第二點，是對歷史寫作的思想之影響。荷馬史詩確定了戰爭式的成就及痛苦，是歷史寫作中最高級的題材，對後世史家，有決定性的影響。希羅多德斯（Herodotus, 500 B. C.），歐洲「歷史之父」，在他的巨著中如此開宗名義的寫道：「哈利卡拿瑟斯的希羅多德斯，撰史書於斯，以免人類種種活動的記憶，在時間中煙消雲散，無論是希臘人的也好，外邦人的也罷，凡是偉大奇妙的事蹟，都將因此書之作而永保其光輝，……」他自然而然的把史上有名的戰役當做主要題材，也就是他所謂的偉大事蹟。他的傳人修西的底斯（Thucydides 471?-400 B. C.），是以科學方法治史的先驅，也以重要戰役爲主要題材，他以下列的論點來解釋他爲何要如此寫的原因：「此役耗時最久，所造成的災害在希臘歷史上的任何一個時代，都無法比擬。從來沒有這麼多城市被攻破焚燒，夷爲平地……」羅馬史家李維（Titus Livy 59 B. C.—17 A. D.）與泰西塔斯（Tacitus 55—117）把這種以軍政爲主的歷史寫作觀發揚光大，影響至二十世紀而不衰。

信奉這種觀念的，不但是史家而已，連製造歷史的人也是如此。我們有許多例子證明，亞歷山大大帝便自覺的深受阿奇力士的影響。他對「伊利亞德」著迷非常，甚至晚上枕着睡覺，可見他對此書浸淫之深。他那過人的勇武，衝動式的慷慨，都是有意模倣阿奇力士而來的。對戰爭加以英雄式的詮釋，正好可與荷馬式的傳統相配合相呼應。後來亞歷山大大帝又成了凱撒大帝模倣的對象，之後的查理曼大帝與拿破崙，也都以他爲榜樣。一條紅鉛筆線，在歐洲史中，可以一直劃到、追溯到最最盡頭——那就是《伊利亞德》。

上述這種結果，當然，不見得完全是好的。不過，另外一種影響歐洲思想並具有劃時代意義的是，荷馬那種明確通達的見識，這種見識本源自於荷馬式「公正不阿」的態度。特洛伊人與希臘人語言相同、信仰相同、價值觀念亦相同。海克特和他太太安拙瑪琦，從某種角度而言，是全書最讓人同情的角色了。而阿奇力士也能與老王普瑞姆對人性有共同的看法。特洛伊人是戰爭的禍首，他們最明顯的缺點是過份自信、浮誇不實。可是，在《伊利亞德》之中，並沒有誰是眞正的惡棍奸邪。如果我們把這一點與地中海沿岸巴勒斯坦一帶的古代歷史寫作傳統，比較對照一下的話，便會發現其間有很大的差異。亞述人或埃及人的史官，從不考慮國之大敵的人性層面，聖經舊約的作者也從不記載與「選民」㉙敵對者的「偉大奇妙的事蹟」。聖經中的迦南人與非利士人（Philistines）都不得好評。對這些史籍編寫者來說，所謂的「公正不阿」或「客觀冷靜的探討查證」，簡直是荒謬的，他們寫作的任務就是爲自己的民族辯護、揚威。因此，「歷史」這兩字對我們來說，是希臘人發明的，而「伊利亞德」在這個希臘觀念中所扮演的角色，是重要無比的。

譯者按：周作人早就爲文指出：「赫克多耳原是希臘聯軍的敵人，但希臘詩人卻這樣地憐恤他，有時候還簡直有點不值勝者之所爲，這種地方完全不是婦人女子的感傷，卻正是希臘人的偉大精神所在。」

這種公正的觀念，對詩來說，亦是同等的重要。例如莎士比亞的《亨利五世》(*Henry the Fifth*) 劇中，把英勇的英國人與卑劣的法國人相互對照，正邪太過分明，詩的力量就弱了。不管莎翁的文采多麼斐然，失去了其人性的洞察力，作品就被限制住了。正如傅萊教授（Frye）㉚所言：

㉙ Chosen People 指以色列人爲上帝選出來最受鍾愛的子民。
㉚ Northrop Frye，二十世紀名批評家，著有《批評的解剖學》，影響很大，尤其是在六、七十年代，是文學研究者必讀之書。

「伊利亞德」對敵人失敗描寫之愼重，絕不下於對朋友或領袖失敗的描寫，筆法充滿了悲劇感，絕無荒唐或喜劇式的處理。這一點，對西洋文學的影響，是無與倫比的。從「伊利亞德」開始，客觀無私的信念進入詩人的心中，詩人據此，觀察揣摩人生。無此信念，詩只不過是各種社會目的的工具罷了：或爲宣傳服務，或爲娛樂効命，或說教或傳道，無論如何，只是工具而已。有了這種信念，詩的權威就可建立。自從「伊利亞德」以來，詩就具有這種權威，而且從未失去過，這種權威有如科學家的權威，把自然當做一個客觀的秩序來觀察描寫。

《批評的解剖學》**Anatomy of Criticism, Princeton, 1957, 319**

另一個英雄主義所帶來的問題，在荷馬的作品中，亦很明顯的表現了出來：英雄個人的逞強鬬狠與勇氣表現，如何與整個社會的利益與福祉連接在一起呢？派留斯在敎導自己的兒子阿奇力士時，說了一句非常有名的話：「永遠超越勝過他人」(II‧784)。想叫一大羣英雄在一起和協相處，是很困難的，每一個英雄的最高目的，就是爲自己贏得光榮，揚名立萬。在上古社會中，戰士是價值連城的，因爲整個種族的生存及延續，常易遭到威脅，要靠戰士的勇氣與力量來保衞。戰士的報償就是「榮譽」(honour)，然而個人榮譽的要求，常與團體的相衝突。阿奇力士因個人的榮譽被冒犯，一氣之下，爲證明自己是對的，不惜拒戰。這一下，他的同志戰友便在戰場上吃虧倒楣了。海克特本可躲過與阿奇力士那場要命的決鬪，退回城中固守。他的雙親就不止一次要求他回防。普瑞姆喊道：「回到城裏來，這樣你才能保衞特洛伊的男女老少」(22·56)。但海克特不能這樣做。昨夜，他犯了一個戰略上的大錯，下令特洛伊大軍露宿在平原之上，而沒有回城返防。如此一來，當阿奇力士重上戰場時，便趁機猛攻，予以重創。下面我們來看看他是如何在心中反覆自我反省。當此之時，阿奇力士正一步步的逼近，而他卻依城牆而立：

> 哎，我真是的，假如我退回城牆大門之內的話，
> 首先，波利達馬斯就會怪我。
> 他早就告訴我要返防城中，免得神一樣的阿奇力士復出，
> 慘遭夜襲之災。但我却不聽他的，
> 而老實說，當初這樣做就好了。

結果，因一己之固執而損兵折將，羞愧之餘，
叫我有何顏面去面對特洛伊的老弱婦孺。
萬一有一個樣樣都比不上我的人說道：
「海克特就是太過自信而損兵折將。」那怎麼辦？
與其讓人數說，還不如面對阿奇力士好些。
要麼凱旋榮歸；要麼就光榮戰死在特洛伊前。

這位大英雄陷在自己英雄主義的邏輯之中，無法動彈。他一生好強爭勝，可丟不起這麼大個面子，甚至連保衞特洛伊全城男女老幼這個藉口，都不夠自解。然而，海克特之戰死，也就等於特洛伊之滅亡。這種悲劇，與可瑞歐蘭那斯㊂，或法國「羅蘭之歌」(Song of Roland) 中的羅蘭，十分相近。於龍撒伐玆村 (Roncesvalles) 羅蘭不願壞了自己的令名去求救兵，其情形與《伊利亞德》如出一轍。

還有一點使《伊利亞德》顯得突出的是，敵我雙方都得到相當完整的處理。全

㊂ Coriolanus，西元前五世紀末，羅馬名將，莎士比亞後來於一六〇八年左右寫過一齣悲劇便以此名爲題。

書絕非浪漫的強調勇武超羣的個人，而無視於一將功成萬骨枯的殘酷事實，但也不是一種反英雄主義的說教。我們看到，阿奇力士及海克特之所以偉大，是因爲他們是貨眞價實的英雄。他們承擔了做爲一個英雄要承擔的重責大任，把人性的力量提昇至極致，使神都參與了凡人的生活，讓讀者更進一步的瞭解世事之眞相。同時，我們也不得不看到，阿奇力士英雄式的頑固所招致的後果，不但使友軍遭受重創，也使自己失去了最親密的戰友。當海克特戰死城下時，我們看到了特洛伊全城無比的悲慟與絕望，父母、妻子，舉國大弔。當佩脫克拉斯的死訊傳來，阿奇力士咒罵自己爲何要一怒拂袖而去，呆坐船中，「以致讓神一樣的海克特肆意殺劉我的袍澤，我的佩脫克拉斯，而我卻沒有出來援救。」一旦受辱便衝動不耐，是英雄天性之一部分，因爲阿奇力士無法克服這一關，便導致他日後走上非爲佩脫克拉斯報仇不可的道路，終至戰死沙場。(18‧98 ff)

海克特也看到了他自己的勇氣膽識會爲他帶來什麼樣的後果。當他的妻子勸他收斂收斂，不要處處逞能，他答道他的自尊之心迫使他不得不重回到前線，

「因爲我從來就只知奮勇爭先，在持洛伊的前線戰鬪，

如此這般，才不負父老及我自己的光榮令名。
而我心裏早就完全明白：總有一天崇高雄偉的特洛伊
會被人夷爲平地，普瑞姆及其子民會被槍矛毀滅。
我會爲特洛伊城今後所遭受的刼難而悲，
爲我母親赫枯巴，父王普瑞姆，爲我那些
喪命於敵人之手，僵臥於沙場之上的勇敢兄弟們悲，
但最最令我悲傷哀痛的，還是妳，
當阿奇恩戰士將落淚的妳帶走，剝奪妳的自由，
然後，妳將爲阿鈎斯地方的貴婦紡紗織布
自米賽絲及海披瑞阿汲水操勞，
滿心痛苦不願，但又迫於情勢不得不如此……
至於我呢，希望我早早戰死沙場，埋身黃土，
以免親耳聽到妳悲號着被人拖走。」
英武耀眼的海克特如此說罷，伸出手去，
抱他的兒子，小傢伙被他爸爸那一身打扮嚇壞了，

縮回媽媽懷裏，哇的一聲哭了出來。
他怕那閃閃的盔甲，及那冷冷搖動在頭上的長羽馬鬃冠飾。
於是父母二人都笑了，海克特馬上脫下閃閃的頭盔，
置於地上，親親兒子，並抱在臂中搖擺玩耍（6·444 ff）

海克特對英雄主義的代價知道的很清楚，但仍不惜一切的爲之付出所有。荷馬在此，加入這場令人酸鼻的感情戲，使之成爲描寫戰士進退兩難時最動人的象徵。忠勇的丈夫必須要提起勇氣上戰場，爲了保衞妻子，並想在大難臨頭時，能站在她身旁同生共死；同時，爲了保衞自己的愛兒，他必須把自己武裝得渾身盔甲，與平時判若兩人，甚至把兒子都嚇哭了。

三　奧德塞

古希臘人認爲荷馬兩部史詩中，以《伊利亞德》的爲佳，筆者深然此說。《伊》書最常被引用，有關的學術研究亦卷帙浩瀚，希臘世界觀與人生觀，亦泰半脫胎於此，是一部悲劇傑作。《奧德塞》則是個冒險故事，善償惡罰，結局圓滿。以悲劇觀點看人生，較爲深刻眞實；比較起來，以直接了當的「詩的正義」（poetic justice）——也就是善有善報，惡有惡報——來看人生（認爲凡事到頭來總有報應）是有所不及的。這就是爲什麼，從某些方面看，《奧德塞》無法在內涵上與《伊利亞德》相比。《奧》書有點像十九世紀英國小說家廸更斯（Charles Dikens）

所寫的《尼古拉斯・尼克比》(*Nicholas Nickleby*)，對一切事情，總往樂觀的方面去想，流於簡單是非黑白分明的道德看法，以致於無法達到像俄國大文豪托爾斯泰《戰爭與和平》(*War and Peace*) 一書中那樣的深度㊀。但《奧德塞》亦自有其引人入勝之處。值得一提的是英國企鵝版 (Penguin) 瑞奧 (E.V. Rieu) 翻譯《奧德塞》暢銷的程度，遠非《伊利亞德》可比。情形之所以如此，可能是因為《奧》書更像小說。事實上，我們要稱其為歐洲小說的老祖宗，亦不為過。

有關阿奇恩人自特洛伊得勝返航的冒險故事及詩歌甚多，不過，與《奧德塞》比起來，這些作品在長度及幅度上卻顯得小得很多。《奧》書一開頭便有意聲明，這是同類型返航故事的最後一篇：「其他的人，逃過大刼之後，遠離戰爭及驚濤駭浪之險，安然抵家，只剩下一個人……」(I・11—13)。詩人似乎有意要創造長詩一篇，在幅度與規模上都可與《伊利亞德》相比，把當時流傳的各種返航故事做

㊀「尼古拉斯・尼克比」作於一八三八到一八三九年之間，述說孤兒尼古拉斯在學校中慘痛可憐的遭遇，廸更斯對當時的學校及教師之黑暗面，大加抨擊，導致日後的教育改革。《戰爭與和平》作於一八六四到一八六九年，講一八一二年法國拿破崙攻打俄國時所發生的一段愛情故事（一八〇五—一八二〇）。

一總結。不過，如從語言、觀念、結構等等方面來考慮的話，大部份的現代學者都認爲《奧德塞》成書之日較《伊利亞德》晚上許多，而且還受其影響。

在古代，兩詩作者爲一人之說，至爲普遍；此說到如今已不再流行，信的人可謂少之又少了。對這個問題有研究的人，大多持「二人說」的看法。不過，其中有一種影響廣大的說法，流傳至今不衰，那就是《伊利亞德》是詩人年輕之作，而《奧德塞》則爲其老年之筆。這種看法，在某些方面與目前「二人說」的論點，有相通之處。有一點說得通的是，《奧德塞》似乎有意把從《伊利亞德》結束到《奧德塞》開始這一段時間內的重要情節，穿挿敍述一遍：卷二十四，講阿奇力士的葬禮；卷十一，講阿哲克斯之自殺；卷四，講木馬屠城記之始末；卷三，講阿奇恩人如何離開特洛伊返航；卷四，講曼尼勒斯返航之冒險故事；還有阿加曼儂回家後被妻子謀殺的悲慘下場，這對奧德修斯說來，正好是一個可怕的警告，所以詩人也不斷的在《奧》書中提及此事。如此說來，《奧德塞》的作者很有可能是受了《伊利亞德》一書的激發，要想寫出一部在份量上能與之相抗衡的作品。

英雄歸航的簡單故事，在此被大大的擴充了。首先，奧德修斯的兒子泰勒馬可士被提升至相當重要的地位；全書前四卷是講他的航海歷險，他先是在旖色佳家鄉探訪，然後到派洛斯（Pylos）與斯巴達等地到處尋訪父親的消息與下落。至於奧德修斯，要到第四卷才出現。如此安排，是一項大膽的嘗試，弄不好，可能會造成反作用。但詩人卻有辦法製造出一種懸疑等待的效果，漸增漸強，十分成功。旖色佳島上的人民，二十年來，無人知道奧德修斯的消息。在這麼長一段的時間內，人民沒有舉行過任何正式的集會；他的兒子以爲父親的白骨早已被雨水刷沖得灰飛煙滅了。然不管好壞，在沒有得到他確實的消息以前，島上的一切行動都凝結不動，無從進展。泰勒馬可士受了雅典娜女神之激發，興起遠航尋父之念，他首先登門拜訪的是德高望重的國之大老奈斯特，但奈老自從十年前與奧德修斯於特洛伊城外一別，便沒再見過面。於是他又從陸路到曼尼勒斯的斯巴達，得到消息說在遙遠的埃及海岸，有天神曾經告訴曼尼勒斯說奧德修斯被某一女神軟禁在仙島之上。這四卷中的種種事情，讓讀者看到了英雄主人不在老家時的後果：家庭、朋友、社稷都受影響。故事如此架構，同時也顯示出主角是如何的與世隔絕，完全失蹤——即使是找到天涯海角，也只能從一個天神口中，模糊得知他的藏身之處。全詩也就是從這一點開始，討論奧德修斯如何必需返航歸來。

一開始，我們就看出《奧德塞》的情節複雜，《伊利亞德》的情節簡單：《

奧》書話分兩頭，分別敍述泰勒馬可士及奧德修斯，然後再讓兩人重逢，聯成一氣。不過，如果我們往深一層看，就會發現《奧德塞》的情節要比上述所說的更複雜。卷三卷四當中講到訪奈斯特及曼尼勒斯之事，使詩人有機會描寫一些英雄家居之景，奈斯特如何與兒子們過活，曼尼勒斯如何與海倫相處。海倫仍然風華絕代，儼然貴婦，絲毫不受與巴瑞斯情奔醜聞的影響。她的美貌及風度也不因後來特洛伊大戰傷亡累累之事而有任何改變。通過泰勒馬可士驚訝眩惑的眼睛，我們看到了這些有趣而魅力十足的人物，他們使得泰勒馬可士在一開始顯得羞怯木訥，根本無法開口與奈斯特應對。史詩的筆法一向甚有彈性，可寫崇高偉大之景，亦可寫平常通俗之情。在此荷馬筆法一變，以近乎「風情喜劇」(Comedy of Manners)㊀的手法，描寫上述相會情景，既無「英雄式」的大場面發生，亦無驚天動地的大事件可記。關於此點，容我在稍後再詳述之。

另一個複雜的手法出現在卷第九到十二之間，荷馬讓奧德修斯對菲阿先人（

㊀「風情喜劇」形成於十七世紀，專寫上流社會男女愛情之變化及社交禮儀之進退，充滿了機智的言詞與鋒利的對話，大家行為優雅，舉止合宜，城府深沉，逸趣橫生。泰勒馬可士拜訪各地英雄時的場面，與此種戲劇裏所處理的情節十分類似。

Phaeacians）講述自己先前流浪的故事，其中包括他如何智取獨眼巨人等等的光榮戰果。這些材料，在世界各地的民俗故事中，亦可見到，可以說是現成得很，任何像奧德修斯這樣的冒險家，都可娓娓道來，與水手辛巴達的故事(Sinbad the Sailor）可說是十分相似，但與阿奇力士與海克特的故事，就扯不上關係了。奧德修斯同航之事，是由許多各種不同類型的材料所拉長的，影響了全詩中心觀點之形成。比起《伊利亞德》來，《奧德塞》對超自然神怪事件態度，就沒有那麼審慎，也不完全絕口不提。不過，在運用有關神怪這方面的材料時，《奧》書比起同時代的史詩——不管是希臘本土或其他地方的——在手法上要嚴謹得多。詩人在講這些神怪奇幻故事時，往往小心翼翼的假借書中人物之口，而不以現身說法的手段來證明所說皆爲眞事。例如加力騷的種種法力。女妖色喜（Circe）變人爲猪，還有太陽地方產的牛肉會在烤肉架上呻吟等等，都是出自於奧德修斯之口（而非詩人之口）。非阿先人的國工阿西諾斯（Acinous）聽了奧德修斯的故事之後說道：「我們不認爲你是個騙子或說謊大王，奧德修斯，在這個黑山白水的世上，胡說八道的人可多着哪。你的故事有模有樣，你的心胸高尙偉大，聽你娓娓道來，眞是引人入勝，簡直就像聽遊吟詩人講古一般……」（XI·362—8）。這段讚詞有些模稜兩可，顯得褒貶不清，而且是有意如此寫的。詩人還故意把最崇高的英雄勳業，賜給了奧德修斯：讓他下地獄一遊。這種遊地獄的母題，本來只適合寫「英雄之王」赫瑞克力斯（Heracles），或是神妙歌手奧菲斯，因為其音樂歌聲之動人，連死亡都無法抗拒。詩人讓奧德修斯在地獄中看到生母，以及在特洛伊戰死的朋友，他們都成了陰影似的東西在那裏遊盪，此情此景，讓人傷心，效果十分動人。但整個插曲的調子，基本上說來是輕鬆的，沒有與全詩渾成一體。詩人之所以如此寫，當然是有意讓奧德修斯遍嚐所有英雄式的經歷。

全詩下半段，講奧德修斯化粧成乞丐，囘到旖色佳時，我們立刻就可感覺到這段故事的篇幅被擴充加長了，這倒不是為了虛飾，而是因為故事本身有內在的需要。例如宮女們捉弄他，求親的好漢們扔東西打他等等情節，不斷以相同的形式重現。在此之後，出現了一個比較嚴重的問題，那就是有兩種不同說法來解釋這段情節。依照故事的主線，奧德修斯之所以一直沒有向太太表明身份，是為了等在「彎弓招親」的大會上，把巨弓拿到手，開始射殺求親好漢時，才顯露本來面目。不過從另一個說法來看，奧德修斯在囘到家中這一段時間內，有好幾次，都是呼之欲出的徘徊在暴露身份的邊緣。這一點，我們讀者也感覺得出來，可能奧德修斯在囘家後不久，就已經向太太顯露身份了，但是兩人默契良好，心照不宣。當她把弓交到他手上時，她心裏不但明白，拿弓的人是誰，而且也知道他將利用此弓來報仇雪恥。

近年來的學術研究，對這一點大多都抱着寬容的態度，認爲這兩種說法並行不駁，自有其詩的內在統一性。這樣一來，便把上述問題減至最低的程度了。不過，無論如何問題並沒有完全消失，讀者讀到此處時，很難不懷疑，故事本身前後不一的原因以及造成兩種矛盾的緣故，是因爲此詩背後有許多其他的版本，而現在都已失傳了。《奧德塞》故事的來源，可能是多方面的。

書中有關神仙故事之類的描述，如食人巨妖，怪物異獸等，在英雄們的大英雄主義下，都扮演着重要的角色或佔有重要的地位。無論是在加力騷的洞府中，或面對女巫色喜的魔法時，阿奇力士的蠻幹作風，是毫無施展可能的。當你遇到神力法力的威脅時，想以人力與之爭勝，是行不通的。於是奧德修斯便代表了一種新型態的英雄，刼後餘生式的英雄。他能夠自我僞裝，智巧欺人，堅忍不拔——這些都是他保命所必需的功夫。在《伊利亞德》之中，阿奇力士曾講過一段話，可代表那種較單純的英雄主義看法，請注意，他發言的對象不是別人，正是奧德修斯：「我最恨那種人——那種嘴上講的是一套，心裏想的是另一套的人——我恨死了」(9·312)，阿奇力士可是言行一致的，當宙斯命他把海克特的屍首歸還老王普瑞姆時，他滔滔不絕的對老王講述來龍去脈，說是宙斯要他還的（24·560—2），絲毫沒有自我居功示惠的意味。

相對的，當奧德修斯向非阿先人自我介紹時，他說：「我乃賴爾提斯（Laertes）之子，奧德修斯是也，以足智多謀聞名天下」（Ⅸ·19），而他的守護神雅典娜盛讚他「擅長詐術」無人能及，就像她本身在機智與計謀上遠勝其他天神一樣（XIII·291—9）。加力騷在這一點上，可說與他們是同路人，當宙斯命令她放奧德修斯一馬時，她並沒有把原委告訴他，只是暗示說，她的心腸好，看他想家可憐，所以放他。因此，奧德修斯根本就不知有宙斯相助這回事（V·160—91，Ⅶ·262）。

當阿奇力士殺了海克特後，高聲叫道：「來呀，阿奇恩的父老兄弟們，讓我們高唱凱歌，返回船艦；『我們贏了，偉大的勝利；我們已把那特洛伊人敬畏似神的貴人海克特給殺了』」（22·391—4）。但在《奧德塞》的一個比較不那麼公開的場合裏，奧德修斯還要制止他的老僕，叫她不要站在那些求親者的屍體上，歡呼勝利：「老奶媽，把高興放在心裏，不要顯露出來，不要大聲嚷嚷：在就劉之人的屍首上歡呼大叫是不敬的」（XXII·411—12）。

在《奥德塞》中，大家時時刻刻都處在被欺詐的威脅裏。在流浪途中，奥德修斯遇到女巫色喜，受到親切的招待，她先享大家以酒食，然後再把大家變成了豬；還有塞倫（Sirens）海妖們，叫着奥德修斯的名字，並以歌唱誘之，假如他聽了那歌聲，必會憔悴而死。在擒色佳島上，忠心耿耿的老管家尤米阿斯（Eumaeus）本是王子出身，幼時被一狡詐的奶媽所拐，賣與人家爲僕，此後竟變成牧豬奴。潘妮羅珮更是被無數流浪漢及騙徒搞得苦不堪言，他們編造許多有關她失蹤丈夫的消息，想騙得一些好處（XIV・403ff；XIV・122ff）。我們可以看見尤米阿斯十分諷刺的向喬裝成老乞丐的奥德修斯說，「你這個老傢伙，你也一樣，要不了多久，你就會編一些故事來騙人了，假如你知道有人會因此而賞你一件外衣或上衣穿的話」。

處在這樣一個世界裏，一個人必須以自制及堅忍來保護自己，而且要常常僞裝自己。從卷第六到卷第九的開頭，奥德修斯周旋在非阿先人之間，隱名埋姓，神秘非常；當遊吟詩人弟莫多克斯在宴會上唱起了木馬屠城的故事，唱出了奥德修斯在攻打特洛伊城時所擔任的角色，他聽了心感神動，暗自落淚，然表面上仍能自恃自制，不爲所動，沒有洩露自己的身份。從卷十七到二十一，他在自己家中活動時，都不露身份，並且在時機未成熟時，絕不爲任何事情所誘而解除僞裝，甚至在遭到自家奴婢辱弄或親見潘妮羅珮悲泣時，都沒有洩露自己的身份。他的心在胸腔內狂嘷如犬，可能他的自制功夫甚佳，控制得了：

忍忍吧，我的心：
你忍過比這個更糟的事，
當力大無窮的獨眼巨人塞苦勞撲
在吞吃你的手下勇士之時，你都忍了，
你原來以爲要在那洞穴之中喪命的，
可是你一直忍着忍着，以無比的機敏，
逃出了那巖洞。（XX．18—21）

在《奧德塞》中，連特洛伊戰爭都受到不同的描寫及處理。奧德修斯化裝潛入特洛伊城，以狡詐之計殺了不少人（IV．240 ff．），並以奇謀使木馬被拖入城中（VIII．494）。奈斯特甚至把整個戰爭形容成「九年來我們忙着設計種種謀略，以期使他們一敗塗地」（III．119）——這句話中所顯露出來的觀念與阿奇力士及阿哲克斯率領阿奇恩人作戰打仗的態度，是大不相同的。對照之下，可看出後者只是一種單純的英雄主義而已，而前者則不純以力取勝，謀略的運用亦包括在內。潘妮羅珮也顯示出她掩飾自己眞正想法的本領，使那些求親者不得其門而入。她最有名的計策是以編織爲藉口，來避免干擾。她宣佈她要爲奧德修斯的父親賴爾提斯（Laertes）織一件華麗的壽衣，在此事完成之前，她不會再婚。於是她白天織、晚上拆，如此這般，一直讓那些霸王求親者等了三年（II・85 ff・），到最後，她那種自制的力量，已成習慣，改也改不了。當他與丈夫面對面時，求親者已全被殺死了，可是她仍然發現自己難以相信面前的男人就是自己的夫君（XXIII）。

本書中，操縱世事的諸神，在本質上，也有所改變。我們看到天神降臨人間，不以眞面目示人，爲了試探那些是好人，那些是壞人。非阿先人的國王就曾問隱名埋姓的奧德修斯是不是天神化身；而求親者當中有一個較敏感的，也曾警覺到奧德修斯所僞裝的老乞丐有問題：尤其是當一個脾氣比較暴躁的求親者，對老乞丐動武時，他立刻指出，這老頭可能是天神化身（VII・199，XVII・485）。而事實上，此時的奧德修斯也確實有點像天神微服私行。他僞裝自己的目的之一就是要試探奴僕是否仍然忠誠（XVI・305）；而最後他對求親者突擊屠殺的那一段，也叫人感覺到其中英雄式的功業成份較少，而天道好還報應不爽的成份較多。聽到霸王求親者全都被擊斃時，潘妮羅珮拒絕相信這是她丈夫回來幹的，她說：

> 不不！這一定是某某天神把這些橫霸的求親者
> 給統統幹掉的，而這天神，一定是被他們的
> 放肆無禮與邪行惡德氣壞了；
> 他們這些傢伙根本不知禮節爲何物，
> 對好人壞人都一樣，忘了自己也是人，
> 因此，他們自做自受，自食苦果。（XXⅡ·63—7）

奧德修斯的老父賴爾提斯聽到霸王求親者被一舉殲滅時的反應是：「天父宙斯大神，假如那些求親者眞的都罪有應得的話，我才相信你們這些天神一直還住在奧林柏斯山上」（XXⅣ·351—2），言外之意是說如果禍害不除，則老天不是有眼無珠，就是根本不存在。

這是另一種「神力」的表現，與《伊利亞德》中好勇鬪狠浮誇逞能的那一種，

是完全不同的。在本書中，英雄暗暗以替天行道的姿態出現。以前的天神，信心十足泰然自若的統治凡塵，不需要爲自己的行爲解釋或辯護。現在的天神似乎是急於爲自己辯護，而做爲天意的執行人或替天行道的英雄，也有這種傾向，好像一般人已不再篤信天上果報之說了。必須有人出來保證說明一番才可穩定人心。我們還記得在「伊利亞德」第一卷裏，宙斯發話時那些場面，充滿了莊嚴與輕鬆的奇異混合，讀者如將之與「奧德塞」一開始宙斯與雅典娜的那段對話比較一下，便會覺得訝異非常。當時宙斯正在思量壹急色斯（Aegisthus）⑪一生的下場，他誘姦人妻並謀殺本夫，結果只落得爲阿加曼儂的兒子奧瑞思特思（Orestes）所殺。「唉！」人神之天父嘆道：

凡人老是責怪天神。
他們抱怨所有的災禍都來自我等神界，
而其實他們是咎由自取啊，自己一意孤行，
犯下荒唐的罪業，招致比命中註定還要糟的苦難。

⑪ 壹急色斯與克萊特母妮絲屈通姦並共同謀害阿加曼儂。

看那壹急色斯，我們早告訴他不可如此，

他自己也早知道如此必亡

但他仍然要做非份之想，姘上阿屈阿斯兒子名媒正娶的妻室。

我們命令殺千眼巨人的能手千里眼赫米思，

前去警告他，不要姦人妻子，殺人本夫……

現在你看，他不是罪有應得了嗎。（I·32—43）

這一段描寫，可謂天神形象在「奧德塞」中的代表，貫穿全詩。那些遭遇悲慘的皆是惡人，全都自食惡果。而且在事發之前，都被警告過，叫他們趁早洗手，以免後悔莫及。但他們執意不聽，又有何法？那些求親者，便事先看到過自家慘遭殲滅的詭異幻景，但他們可不信這一套（XX·345—71）。上述這種類型的故事，早有流傳，通常是主角被誤認爲死亡或失去下落，家中妻子被人逼婚，國家權柄將落他人之手。當此之時，主角突然回來，保全一切。類似這種傳說，全世界都有，而且往往忽略了解釋主角原先在家鄉的幫手同志，如何一下子都失蹤不見了。以故事而論，主角面對艱險，單獨一人回國，是非常重要的。假如我們想像奧德修斯回到旖色佳時，身邊帶了十二名船上勇士，從特洛伊百戰榮歸。這下子，那些求親者就難逃一死，全被解決了。殺他們的理由很簡單，就因爲他們竟敢大膽僭越，對主角的地位權力有非份之想，這簡直罪不可恕。可是上述種種假設在「奧德塞」中卻變成了實際的問題，因爲奧德修斯沒能把勇士們帶回來，荷馬小心翼翼的向讀者保證，奧德修斯確實是盡了他最大的努力去營救他的手下，可惜他們自招災禍，使他爲之束手，怎麼救也救不了：

他在大海中忍受過無數苦痛，
爲了自救，也爲了救他的戰友回家。
然而，卽使是如此，他也無法挽救他的戰友，
雖然他一心一意想救他們，但這些愚人，
却一個個喪生於自己的荒唐錯誤之中，
他們把太陽之神的牛羣宰殺烹食，
太陽之神便罰他們不得回家。（I·4—9）

這些可憐的戰士們，已經事先得了警告，不得碰那太陽之神的牛羣；可是在饑餓的逼迫下，他們還是宰殺了其中一頭；另有一點值得注意的是，頑劣不馴的水手在闖禍時，主角英雄總是剛好睡着了。於是這些屢勸不聽的水手們又把風神依歐樂斯（Aeolus）送給奧德修斯的皮製風口袋打了開來，結果當然是狂風大做，把他們從近在眼前的老家旖色佳島，給吹到天涯海角（XII・338，X・31）。

對奧德修斯來說，這些不湊巧的小睡，該是詩人特地設計出來爲他脫罪的手法，其用意至爲明顯，手下犯的愚蠢錯誤，應由他們自己去承擔；這筆賬，不能算到英雄的頭上。至於增加那些求親者罪名的手法，就複雜了。首先荷馬把泰勒馬可士的角色份量加重，讓這個年輕的小王子變得積極有爲。於是衆求親者不得不暗商計謀，取他性命。他們在泰勒馬可士從斯巴達回國時，設下埋伏，意欲除之而後快。這樣一來，他們後來被奧德修斯一舉殺光的結局，便顯得分外合理了。在太古樸素之時，只要犯了不忠之條，欺主之罪，那便是死有餘辜；現在，再加上蓄意謀殺，那就更加罪無可逭了。

英雄與衆神一樣，在此都奉行一套黑白分明的道德觀。在《伊利亞德》中，沒有所謂眞正的壞蛋惡棍。但在《奧德塞》中，卻充滿了道德上的正邪對比。首先，那些求親者就屬於邪。奧德修斯的僕人們，有一部份是忠誠可靠的。他們終獲獎賞，如牧猪奴尤米阿斯（Eumaeus），牧牛奴非利提阿斯（Philaetius）及老奶媽尤瑞可莉亞（Eurycleia）等；其他做了叛徒的，都不得好死，例如牧羊奴麥倫西阿斯（Melanthius），還有那些與求親者私通的婢女們。

在《伊利亞德》裏，天上諸神動不動就大打出手，使得全書讀來，虎虎有生氣，也使得後來的神學家不知如何解釋是好。可是到了《奧德塞》中，事情就不同了，神與神之間的關係，變得十分文雅禮貌，彼此不再互不相讓，大打出手。雅典娜就親口告訴過奧德修斯，當海神波賽登（Poseidon）在折磨他時，她盡量避免出來護衛，因爲她「不願意與波賽登，自己的叔叔打了起來」（Ⅷ·341·）而事實上，其他的天神對此事少有干涉，只有奧德修斯的守護神雅典娜，老是在那裏管東管西，非遂了她的心願不可。在讀《奧德塞》時，我們慢慢產生了一種印象，覺得天神之間是團結一致，主持正義的。

全書中唯一惹人注意的例外，就是遊吟詩人弟莫多克斯在非阿先宮廷娛樂佳賓時所演唱的故事，那故事雖然生動引人，但卻不太能夠配合當時的場合。故事的內容是講愛神阿富羅黛蒂與戰神暗中通姦㊃。丈夫海費事得事戴了綠頭巾，心中自然不甘，於是便根據千里眼太陽的通報，在自己的床上設下陷阱，佈置鐵鍊製成的大網一張，強靭無比，細如珠網，肉眼輕易看它不出。然後海費事得事騙二人說有事遠行，而實際上是準備捉姦。果然二人上床，被魔網所擒，掙脫不得。此時做丈夫的，招來所有的天神，親眼看看這幕醜事，並提出要求，說太太既然如此不忠，他想向她父親要回當初結婚時所付的聘金。所有的天神來是來了，但爲了禮貌，只遠遠站在一邊，「當這些天神看到海費事得事巧詐的設計時，禁不住爆出一陣笑聲。」最後大家說服了海氏，把這一對當事人給放了，各自回到自家的神廟，男的回催斯(Thrace)，女的回塞普路斯(Cyprus)(Ⅷ·266—369)。

這個故事，後來非常流行，因爲這是第一個把奧林帕斯(Olympus)山上的姦情或戀情，做如此輕鬆處理的文學作品。這種手法在羅馬詩人奧維德(Ovid)的《變形記》(*Metamorphoses*)得到發揚光大；到了文藝復興時代，更是啓發了無數作家的靈感。在《伊利亞德》中，天上諸神本是近乎嚴肅莊重，道貌岸然的，結

㊃ 阿富羅黛蒂的丈夫是工匠之神海費事得事，長得奇醜無比，駝背彎腰，沒有脖子，臉上頭上光禿禿的，一根毛也沒有。可謂「一朵鮮花插在牛糞上」。難怪愛神後來，背着他與戰神私通。可見愛情戰爭之不可分。

果在《奧德塞》中的一個插曲的重點集中處理之下，呈現出另一種風貌。不過，荷馬對這種故事安排，還是非常小心謹愼的。他不親自講這個故事，而假借另外一個人物，把這個荒唐的事情說出。至於聽故事找樂子的觀衆，則是具有超人特性的菲阿先人。詩人在提到他們時，多半出以遊戲的態度，並不認眞。

依詩人所言，在菲阿先人的國度裏，凡事以皇后爲主，不以國王爲主。他們自我歌頌道：「我們既非拳擊大王，也非角力大王；我們在路上跑得快，在海上划得好，我們最愛歡宴，歌唱又跳舞；我們最愛換上最新的衣裳，四處展示；沐浴要在熱騰騰的浴缸裏，做愛要在軟軟的床舖上」（Viii・246—9）。像這一類的歌，正是投其所好，在當時一定大受歡迎。不過，即使是在這樣的描寫裏，《奧德塞》嚴肅的主題，仍然潛伏在故事背後。海費事得事、阿富羅黛蒂與愛瑞斯之間的三角關係，很像曼尼勒斯、海倫與阿加曼儂三人之間的關係。奧德修斯、潘妮羅珮與求親者之一，也可能形成這種關係。在人間，發生了這種通姦的事，結果總是要有人不得好死；在天上，則完全不同了，人們在人間所受的深刻痛苦，在神仙界被轉化成一陣輕鬆的笑聲。神仙長生不老，所以沒有死與不死的問題。阿富羅黛蒂匆匆從床上起來，遠離出醜的地點，回到賽普路斯。在那裏，她有一大片廟產，芬芳的祭壇上，常有香煙繚繞。在那裏，三位文雅女神（Graces）爲她沐浴洗身，抹上芬芳無比的膏油，香氣永不消散，天神們都是如此這般的。然後她們幫她穿上美麗的衣裳，讓人看了爲之頭暈目眩。（Viii·363—6）

在《奥德塞》中，我們發現，做爲史詩英雄，奥德修斯所從事的冒險與遭遇的情況，與阿奇力士比起來，是大不相同的。換句話說，就是阿奇力士的英雄主義在《奥德塞》裏，根本沒有施展的餘地。一種新的英雄主義，講求忍耐及智巧的英雄主義，出現在奥德修斯身上了。除此之外，他的所做所爲與傳統的史詩英雄是相去不遠的。傳統史詩英雄的兩個重要的觀念，在奥德修斯身上合而爲一。有時候這結合產生了奇異而複雜的效果。當獨眼巨人塞苦勞撲回到他自己的洞府中，發現了奥德修斯及他十二個手下時，

他的聲音低沉，身材巨大
把我們嚇得心臟都停了；
可是，我仍然鼓起勇氣回答他道：
「我們是阿奇恩人，特洛伊戰後歸航回家，

不料怪風四起，吹我們浪遊四海久久不歸。
我們不斷找尋回家的路，但是試了各種路線，
都不成功，這一定是大神宙斯有意要整我們了。
我們是阿屈阿斯之後，阿加曼儂手下，
他現在是天下最偉大最有名的英豪，
像特洛伊那麼堅強的城堡都被他給攻破了，
是役殺人無算，流血成河。
而我們，我們前來拜見閣下，
不知是否能依照接見異鄉人的禮俗，
賜下見面禮或其他賞賜；
或至少看在天上諸神的份上，以禮相待。
對你來說，我們現在是流浪異鄉的乞求之人，
而大神宙斯則是流浪異鄉乞求之人的守護神，
他與流浪的旅人同在，保證他們受到應得的待遇。

> 流浪異鄉乞求之人如果遭人留難，宙斯立刻出面獎善罰惡。(IX·259—71)

在這一番動人的演說之後，我們看到落魄的奧德修斯性格之另一面，也看到他處於不利情況時的反應㊄。獨眼巨人把奧德修斯給鎮嚇住了，但他仍然能鼓足勇氣，大膽發言，沒有失了英雄的身份。他誇耀他所參與的英雄事蹟，以及他與其他名震天下英雄的關係，侃侃而談，聽起來十分有說服力。不過說到一半，他話鋒一轉，換成了一套告饒之辭。阿加曼儂及特洛伊戰爭的威名，遇到了這食人巨妖，可謂毫無用武之地，一點作用也起不了。一番演說前後對照之下，使得那些誇耀之詞顯得分外悲淒。

像上述同樣的事例，在奧德修斯冒險的航程中，不斷的發生。女妖色喜預言他

㊄ 在希臘神話中，宙斯是在異鄉旅行之人的保護神，凡是出門在外的人，無論貧富，甚至是乞丐，都受到宙斯的保護。如果有人對旅行之人或遊方乞丐不敬，不熱誠招待的話，宙斯一定會出面干涉，降以懲罰。因此，希臘禮法 (Greek Code) 中最重要的條目之一，就是善待旅行之人或乞討求助之人。stranger, traveller, suppliant 都在宙斯保護之列。

前程多災多難，說有六頭怪獸吸拉（Scylla）及招銳不敵斯大漩渦（Charybdis）在等着他㈥。奧德修斯問色喜說，如果吸拉吞吃了他的手下，他該如何懲罰這怪獸。色喜答道：「格性倔強的人呀，你老是想着怎麼打鬪，如何爭戰，你對不朽的天神都不肯稍稍退讓嗎？吸拉並非人間之怪，而是天降之妖，陰森可怖又蠻橫，可謂無人能敵。打是打不過的，三十六計，走爲上策。」

奧德修斯到了吸拉食人之處後，「把色喜的嚴重警告，完全拋在腦後，色喜叫我不可以武力對抗，我卻把我那有名的盔甲披掛起來，雙槍在手，站在船首……」就在這個當口，他動用全船人手，全力對付大漩渦時，吸拉出其不意，從另外一邊，一口咬走了六名水手。

他們在痛苦中，對着我慘叫着我的名字
而吸拉卻立在她的洞府之外，

㈥ Scylla 吸拉本是山林女神，後因戀愛問題，被色喜所害，身上生出三隻大蟒及三隻狗頭，雙足生根於海邊巨石之上，對過往的船隻，只要能力範圍所及，必定吞吃人物，破壞航行。而招銳不敵斯大漩渦就在距吸拉不遠之處，船隻如欲通過此處，實在是困難重重，右有吸拉怪獸，左有恐怖漩渦。不是沉屍海底，便是爲怪獸所食，眞是難過萬分。

正在吃這六個人。他們一個個向我伸出手來，
在死亡的巨痛中哭號着。
此乃我辛苦尋找回航路途中，
所看到過最悽慘的景象了。（XII·112ff；226—59）

奧德修斯試着遵循傳統英雄之道，以武力來對抗超自然災難，但只再一次證明，他的努力收效甚微，結果只不過是倍增悽涼罷了。《伊利亞德》裏那種傳統的英雄主義，早已消失在地平線的那一端了。

在女妖精色喜的那段揷曲裏，我們至少可以發現三種意義層次。第一層，最簡單，有着鮮明的民間故事特色。奧德修斯事先得了解藥，沒有在女妖精的魔法與毒藥下，變成豬仔，但他的同伴則都變成肥豬，被鎖在豬舍之中。原因是，宙斯的使者天神赫米思預先來看他並給了他一棵仙草「天神稱之爲『白花黑根毛利草』（Moly），凡人費盡心思難以挖到，神仙卻能輕而易舉的到手採來。」赫米思又說：「吃了這草，她的魔法就不靈了，你便有足夠的意志力去對抗她。」當色喜魔法失敗之後，奧德修斯衝了過去，拔出劍來，完全是一幅戰士的姿態。正當他耀武揚

威之時，色喜卻召他到床邊去，發誓永不傷他一根汗毛，她說：

> 請問尊姓大名？是何人之後？
> 從那一個城來的，父母是誰？
> 你喝了魔湯之後，居然沒被迷倒，
> 真真出我意料之外。
> 這魔湯，凡是男人，只要沾唇，便無法抗拒誘惑，
> 但你胸中的那顆心，卻可
> 超越我的誘惑。說實話
> 你一定是奧德修斯，赫米思常告訴我，
> 你從特洛伊回航時，一定會經過這裏的。

色喜在此沒有提到仙草，此後在全書其他地方，也沒有再提。至於拔劍相向那一景，以後也不再出現了。由是可知，奧德修斯之所以能夠抗拒迷惑，是靠了他本身的心智力量。在此，我們似乎可以看出，一個民間神仙故事裏的女妖精，在森林中

出沒，在荷馬的筆下，經過一連串不同層次的轉化，先是有些英雄氣概的女豪傑，後來又變成了足智多謀，城府深沉，能夠以心智力量服人的妖女。而她這一套，棋逢敵手，被奧德修斯給看穿了。

《奧德塞》全書所關切的焦點，不僅僅是從英雄式的戰士身上移開而已，同時還觸及到許多其他的問題，視野擴大了許多。《伊利亞德》是以苦修式的嚴肅心態來看事情，凡是不合此一準則的，一律不予重視。「伊」書不重視的事情，「奧」書則十分感興趣。首先，我們注意到僕人在《奧》書中扮演很重要的角色。奧德修斯初返擒色佳時，便立刻直奔忠心耿耿的牧豬奴尤米阿斯所住的地方。詩人用親切討喜之筆調，描寫尤米阿斯和他的小屋，還有他養的那幾隻狗。詩人在尤米阿斯處總共花了三章的篇幅來仔細經營故事，然後才讓奧德修斯回到自己的王宮（Xiv—Xvi）。詩人甚至把求親者的僕人們，都仔細描寫了一番；至於奧德修斯宮中宮女的行爲如何，亦有描寫；忠心耿耿的家臣們，屢次求見女主人而不得其門而入，雖然他們每次進城，都有吃喝招待，走時還獲得一些小小的賞賜，但不能晉見皇后，使他們的士氣大爲低落。凡此種種描寫，都成了日後田園詩的鼻祖：偏重於純樸鄉下人的刻劃，以及注意他們喜怒哀樂的表現。

《奧德塞》中對職業性的遊吟詩人或歌手亦很有興趣。他們不但在非阿先人的宮廷裏出現，同時也在旖色佳的莊院中出現。盲詩人弟莫多克斯是全詩中令人難忘的一位人物。「奧」書中對工作的描寫不但內行而且犀利準確。我們可以看到奧德修斯在加力騷的海島上，如何自造木筏。同時他還向讀者描述他如何自製出他那張有名的雙人大床。那張床是利用橄欖樹的大樹根做爲床脚柱，固若金湯，八風不動，——「床的四週，以大石砌圍牆，造出房室一間，上加屋頂，旁開門戶……然後我用小手斧粗略的由樹根往上砍削……最後精雕之細鑿之，鑲以金銀象牙等花飾…」（XXIII・192—200）。他自誇道，他的雙手能耕田能收穫，同時還能打仗（XVIII・366—75）。在《伊利亞德》裏，有一段詩描寫阿奇力士的盾牌，讀者可以看到田野中的收割者，正在努力收穫，而國王則「站在工人當中，手執權杖，滿心歡喜」（18・556）㊆很明顯的，在《奧德塞》中，那種虛飾誇大的英雄主義

㊆ 阿奇力士把盔甲盾牌借給佩脫克拉斯，佩氏戰死，阿奇力士欲上戰場，其母色蒂絲說服工匠之神（火神）海費事得事，爲他精心打造一面盾牌。荷馬花了許多篇幅來描寫這面盾牌，上面的景緻可分爲兩組各佔一半。一面是農家田園之景；另一面則是戰爭殘酷之景。全面盾牌共有八景，依次爲㈠天地海洋，日月盈虧。㈡某城正在舉行婚宴，另一城

觀念，淡了許多，取而代之的是一種新觀念，認爲一個理想的人應該在戰場上勇猛無比，但又能以精於農事自傲。在這種把工作視爲神聖的觀念之對照下，非阿先人的頹廢享樂與求親者的好吃懶做，都逃不過詩人尖銳諷刺的批評眼光。

如果我們說《奧德塞》一書對君王的治術相當重視，該不會離題太遠。在《伊利亞德》當中，國王就是國王，他人只有聽命的份兒。在卷第一中，阿加曼儂根本對軍事大會所表達的意見毫不重視，大家要想把擄來的美女克莉西施(Chryseis)還給他父親，簡直門也沒有。很明顯的，他是有權這麼做的，誰也不能干涉。雖然，後來他爲自己的誤斷而吃了苦頭，可謂自取其辱。在卷第二，阿奇恩人聚在一起開會，也是搞得亂七八糟，阿加曼儂話聲甫落，大家都搶着回船返航，不打仗了。弄得奧德修斯不得不想出一個絕招，來恢復秩序。這一卷中有一段非常突出：事情是這樣的，又有一位下層軍士起立發言，猛烈抨擊國王領袖。詩人在此把他描寫得人見人厭：

則被圍城告急。㈢田野間農人努力耕耘，歌唱豐收。㈣農人在收割，國王在巡視。㈤葡萄園中串串果實，採葡萄的工人歡欣萬分。㈥獅入牛羣，大吃一頓。㈦平原碧草，綿羊如雲。㈧男女相聚，共舞慶昇平。

只剩下瑟斯提斯一個人還在那裏喋喋不休；
他本是無聊胡扯之人，今天一發不可收拾；
他的想法多而亂，全部糾纏不清；
他對衆首領的抨擊，只引來阿奇恩人的一陣笑聲。
到特洛伊來打仗的人中，最醜的就是他：
生就一副羅圈腿，其中一隻還有點跛，
雙肩高高向上拱，弓一般的拱向前胸，
頭顱生來尖禿禿，上面毛髮只有短短一小撮。（2・212—19）

他尖聲咒罵國王領袖，響應阿奇力士在卷第一發怒時的那一番言論，這使得全軍都爲之嫌惡不已。詩人的筆法，使讀者感受到了這一點。於是奧德修斯站出來狠狠的教訓了他一頓，叫他閉嘴，大快人心；他以堅定的聲音爲大家說話：「閉嘴坐好，長輩講話你給我仔細聽着，你根本算不上個戰士，無論在戰場上也好，在會議桌上也罷。我們不能大家都當國王，領袖多頭，全無好處，推尊一王，方爲合理」

（2·200—5）此言一出，衆軍遂服，除了阿加曼儂、奈斯特、奧德修斯外，無人敢再發言。

上述這一景，實際上是《伊利亞德》中唯一暗示政治活動的痕跡，主張以服從爲主——服從宙斯賜封的王室階級，絕對恪遵他們的命令，除此之外，皆無可能。全書對這個觀念十分強調，但用的手法卻無啥特殊之處，並沒有大張旗鼓的來討伐異端。因此，讀者便容易情不自禁的推測，在當時的實際生活中，像瑟斯提斯（Thersites）這樣，言論反動或煽風點火的行爲，並不一定會遭到一般人的嫌惡或反對。關於《伊利亞德》裏的政治活動，我們也就只能討論到此地爲止。

政治活動在《奧德塞》中，有較多的發展，十分有趣。當然，我們必須指出，《伊利亞德》是以描寫軍隊戰場爲主，《奧德塞》則以描寫正常運作的國家爲主，但我們如果研究一下特洛伊城的政治活動，便可發現國王根本可以置人民的意願於不顧（3·154—60，7·346—64）。《奧德塞》第二卷描寫旖色佳二十年來，人民首次聚在一起的情形，會中種種與眞實生活中的行事，十分相似。會議過程井井有序，至少有七人發言說話；全書最末一卷，求親者被殺後，他們的家人亦相聚會商，大家各抒己見，情緒爲之激盪不已（II·I—259，XXIV·42—71）。第一次聚會，是泰勒馬可士發起的，目的是在動員民意，對抗違法亂紀的求親者。這一招果然厲害，使他們都心生戒心起來。起先他們試圖暗算泰勒馬可士，計劃失敗後，有幾個激烈份子主張立刻把他幹掉，「免得他把民衆聚在一起開會，公布眞相。這樣一來，大家都會反對我們，這對我們是很不利的。搞不好大家會羣起而攻之，把我們趕了出去，放逐在外」（XVI・376—82）。

求親者被殺之後，他們的親人開會控訴奧德修斯，說他不但無法保護自己部下的安全，損兵折將無算；同時又殺了所有的求親者；他們強調，屬下有錯，責任應由主帥來負（XXIV・427）。這種強辯，不僅是有意吹毛求疵，同時也是故意出解證據。海克特在《伊利亞德》裏，就最怕人們來這一套（22・106）。從另一個角度看，支持奧德修斯的人，爲他辯護，說他是「溫文儒雅」、「慈祥如父」的領袖，人民愛戴他，是理所當然。

《奧德塞》裏，國王的地位在虎視眈眈的貴族間，岌岌可危。在旖色佳，從求親者的觀點看來，誰應繼承奧德修斯，還在未定之數，但這問題，大家是可以公開討論的。泰勒馬可士自已就說過：「旖色佳這個島上，國王可多着呢。」（I・394）。非阿先人的宮廷裏，國王似乎與大家平等，只不過是個帶頭的而已，這正好反映出歷史的發展。在希臘城邦政治中，此時，世襲的君主制已被貴族所取代。因此，全書把討論的重點，放在「忠誠」與「責任」兩個觀念上，成爲行爲的依據。國王在自己的宮中如此；在與野心勃勃的貴族周旋時，亦復如此。同時，詩人對一般民衆的意願十分重視，讓人感到民衆的權利也不小；例如，奧德修斯回國後，在出示自己眞正的身份之前，便很迫切的想探索僕人手下們目前的心態（XVI．301—7）。因爲他在海上浪遊的那段日子裏，有過不安份子跟他做過對的記錄，那人叫尤瑞落翅斯（Eurylochus），是他的親表弟，老是想把他的人拉過去走另外一條航線，不聽他的指揮（X．429，XII．278）。

身份地位的問題，也是本書的重心所在。當奧德修斯謊編身世故事時，很自然的，把自己說成是某某富豪的私生子，雖然備受父親疼愛，但老父死後，嫡子們便聯手而起，不讓他繼承財產；歷經磨難之後，他變得勇敢善戰，靠着個人的膽識，娶得一富家千金爲妻，從此耽於海盜式的生活（XIV．199ff。）。在另一個場合，他另編一套說詞，自稱是被放逐之人，因爲他殺了克里特島上一個王子。那王子要把他在特洛伊城搶來的戰利品佔爲己有，而他卻「不願臣服老王，歸順收編，寧可自己領兵，佔山爲王」（XIII．260—6）。在《伊利亞德》中，英雄只要與其他英雄爭勝即可，這樣做，雖有生命的危險，但卻可保全自己優越的地位。《奧德塞》中卻注意到生活中一些平凡的，非英雄式的鬪爭，或爲了地位、或爲了財富，把人間爭名奪利的種種情形，描寫得淋漓盡緻。

《奧德塞》對老弱庸才，亦能閒閒着墨，描寫一番。而《伊利亞德》則總是描寫那些鶴立鷄羣的人物。在《奧》書中，焦點有時可以放在奧德修斯的手下身上，如愛耳潘諾（Elpenor）喝醉了酒，睡在屋頂之上，忘了身置何處，結果摔將下來，一命嗚呼。奧德修斯對他的評語是：「戰場上表現平平，智能上時有弱點。」（X・552），像他這樣的人，在奧德修斯遊地獄時，竟有機會排在亡魂行列當中，求他安排一個像樣的葬禮㈧。

當你回到陽世，請千萬洗我葬我，

不要不理睬我，不然諸神會因我之故而發不平之怒。

㈧ 奧德修斯在卷十一中，曾有地獄之行。在色喜的警告之下，他進入地府，找尋預言家提瑞西阿斯（Tiresias）的鬼魂，問詢有關未來回航時的種種問題。此時，地獄中的枉死鬼都來向奧德修斯求助，希望自己在陽世的身體能夠得到安葬。不然，依希臘人的信仰，死後不葬，靈魂就注定飄泊，無法在地府定居，而天神也會因此不悅。

請把我和我唯一的財產，我的盔甲，一起火葬，
在浪花翻白的海岸旁，堆起土堆一座，
一座苦命人的墳墓，以便後世之人知道我的心聲。
最後，在墳頭插上我的船槳，
那船槳呵，是我生前與同伴戰友一起划船用的。（XI·72—8）

此外，還有一整段對乞丐的處理，充滿了同情，並且知道乞丐在城裏討生活，要比在鄉下容易得多（XVII·18）。他同時也細心描寫最沒有地位的女僕。女僕中最沒用的，通常被分配在磨坊中磨麥子，這工作是最低最賤最沒人要做的。因爲，當別人都完工上床時，她還在辛勞的磨着，趕着把指定的工作做完。這景象引起了詩人的注意，他讓她有機會祈求宙斯毀滅那些求親者，就是他們這些人大吃大喝，才把她累得半死不得休息（XX·105）。求親者的胡做非爲，竟然殃及女僕，這當然也成了他們的罪狀之一。

在下面這場有名的描寫中，詩人充份利用一隻老狗來製造悽愴之情，效果頗佳。它在年輕時是一頭獵犬，現在卻因主人不在而被扔在糞堆旁等死。二十年後，

主人囘來了，他居然還能認識。老犬阿革斯（Argus）搖尾垂耳的趴在那裏，一步也走不動。奧德修斯看到此情此景，避過身旁的牧豬奴尤米阿斯，偷偷落淚。兩人走過之後，老狗頓時絕氣身亡（XVII·290ff）。這段故事非常有名，而且是名不虛傳，筆法絕妙，技巧高超，完全無濫情濫感之病，但同時又能把此景此情中所有動人之處，描寫得淋漓盡致。要是換了《伊利亞德》，這段故事就可能會在不夠「英雄氣概」的考慮下，遭到刪除。

在《奧德塞》裏，公主諾西卡（Nausicaa）幫忙洗衣這件事，在詩人筆下自然寫來，連一點解釋都不必要㊈。在這段故事裏，詩人加入一段引人入勝的揷曲，公主與宮女一起到海邊河流出口之處野餐；衣服洗完後，便在沙灘上玩起球來（VI·1—118）⑩。

奧德修斯的父親，老賴爾提斯到老仍是個經驗老到的園丁，我們看到他送給小奧德修斯一排菓樹，很明顯的，就是要他自小開始，負起培養這些菓樹的責任

㊈ 諾西卡在卷第六與宮女出外，洗衣於河畔，巧遇被大浪沖到岸邊的奧德修斯，她帶他囘非阿先人宮中，款以盛宴。

⑩ 這種生活瑣事，在《伊利亞德》中便不常出現。

(XXIV·336)。當詩人把渴望歸鄉的奧德修斯比喻成疲倦的農夫時，這就提供了一個非常好的例子，讓我們來分辨他觀念中的英雄與中古時代的騎士有何差異。中古時代的騎士是完全與工作絕緣的。甚至我們可以這麼說，騎士的觀念在原則上就與勞動相互抵觸。而《奧德塞》中卻不避諱把英雄與在田野中勞苦耕作的農夫相提並論。

在非阿先人宮廷的最後一晚，也就是他們答應送他起航回家的那一晚，遊吟詩人弟莫多克斯在歡宴中唱了起來，

但奧德修斯老是回首望着太陽，
希望他趕快西沉，他是如此的渴望
立刻開始返鄉的航程。就好像
一個人渴望吃晚餐一樣，白天
整天趕着兩隻褐牛，拖拉組合的犂具工作，
太陽西下他最高興，因爲此時便可
拖着顫抖勞累的步子回家晚餐了。

> 比較起來，奧德修斯對日落西山歡迎的程度，
> 是有過之而無不及的。（XIII · 28—35）

詩人對這樣的比喻，並沒有感覺到什麼不協調的，他的英雄不會因爲上述比喻中含有雙手操勞粗活這樣的觀念而受到貶損，因爲詩人本身就是農作老手。

奧德修斯的世界內也包括了貿易活動，而且大部份都操縱在腓尼基人（Phoenicians）手裏，要不就是海盜手裏。腓尼基人與海盜是二而一，一而二的。牧豬奴尤米阿斯在年輕時，曾被腓尼基人偸過。他們本是商人，但有時也可幹一點綁票及出售奴隸的勾當。在荷馬史詩中，英雄的榮譽與財產貨物是不可分的。我們可以想想阿奇力士之怒與奧德修斯之復仇，都起因於有人奪走了他們這些大英雄所擁有的某些東西。甚至於殺人的事，都可以用錢，所謂的「血債」來擺平。

阿奇力士在這方面的表現，十分突出，他爲了自尊，爲了表現他那顆偉大的靈魂，對賠償財貨的細節完全不予考慮㊀。奧德修斯則走另一的極端，海難之後，他

㊀阿加曼儂奪走了阿奇力士心愛的美女之後，軍隊在戰場上失利，爲了請阿奇力士重回戰場挽回頹勢，他曾賠償財寶，以爲和好之手段，但遭阿奇力士斷然拒絕。

落了單，在特洛伊城所擄來的財貨亦付諸東流，他對這筆損失十分在意，一心一意想在別的地方撈回一些。當他對菲阿先國王說出下面這番話時，我們不免感到微微一驚：

阿西諾斯陛下，萬民之英主，
假如你命我在此停留一年，
賜我豐厚的禮物，然後送我歸鄉，
這當然是我所渴望的。
但如果我能滿載歸國，則更佳；
如此一來，看到我回到旖色佳的人，
便會更尊敬我，更愛戴我。（XI・355—61）

後來，希臘人對奧德修斯這樣見錢眼開，有些不滿。這種不滿化爲批評，也出現在詩句之中。有一個年輕的菲阿先貴族上前告訴他說，他根本不像個擅於冒險犯難的好手，反倒有點像一個——

商船船長，駕駛着一艘有載客長凳的大船，
來回穿梭，一心掛念着貨物與財寶，
時時想着如何攫取利潤，
你根本不像個運動家（VIII·159—64）

面對這個要命的侮辱，他立刻予以反駁，親自下場，表演一招運動絕技，選一個較重的鐵餅，擲出老遠，比非阿先人擲的那個較輕的鐵餅還要遠。看完了這段，我們認爲那貴族批評的並非完全沒有道理。看重財貨確實是當時的風尙，甚至連詩人自己，只要想到奧德修斯能夠滿載而歸，船上裝的財寶比從特洛伊帶來的還要多，便有一份滿足之感（V·36—40）。

因爲對貿易的興趣，使得大家對出外旅行及異地外國亦十分注意。如許多有關到埃及去旅行的故事，就流傳甚廣，許多人或爲貿易，或因搶刼，或僅只是風向不順，被吹到那裏去，產生了各式各樣的傳說。詩人與奧德修斯都對異域外邦有興趣，全詩一開頭，就說奧德修斯見多識廣，「到過不少地方看過不少人，對他們的性格習慣也摸得一清二楚」（I·3）。

當他與手下航行至獨眼巨人塞苦勞撲的海島之時，在那島對面的一個小島上拋錨登岸。他爲我們仔細而完整的把這個小島給描述了一遍。島上無人，到處都是野山羊。

全島毫無貧脊之象，秋來各種穀物都成熟下垂。
岸邊海浪翻白之處，有柔軟豐潤碧草如茵之地，
葡萄生長，四季不斷。此外還有平坦的耕地，
季節一到就可以大大的豐收一番，
因爲那裏的土質，肥沃無比。
同時，這島還有一個良好的港灣，
港灣盡頭有泉水一道，清澈無比。（IX·116ff）

我們知道，在西元前八世紀到七世紀，正是希臘城邦在海外殖民的時代，他們的足跡遍至東地中海地區，在上面這段描寫中，我們似乎可以感覺到有點像移民企劃說明書，竭力吸引大家到這片新基地來移民。

《伊利亞德》的焦點雖然集中，但卻嫌狹窄，既不需要描述國外旅行，也不需要張揚經濟活動，來做爲英雄行爲及苦難的背景。但海外旅行及經濟活動等描寫，卻開了日後地理學及人種學之先河。希臘人好奇好動的個性，初次在《奧德塞》中得到了發洩的機會。他們「誘」奧德修斯遠航到獨眼巨人塞苦勞撲的洞府之中（Ⅸ・174），以便詩人在此把克里特島（Crete）的地理歷史，大概的講了一遍。同時，也提到了一些奇特的知識，如北非的羊種不錯，特別的會繁殖（XIX・172-80, IV・81-9）；他也對塞苦勞撲巨人族不過團體生活而有所批評，認爲他們「既不開會，也沒有法律」（Ⅸ・112）。

希臘小說始於西元前四世紀，其原型如下：故事多半以英雄浪遊爲主題，英雄主角走遍四方，歷經艱險，花邊新聞，接連不斷。至於英雄本人，則總是微服喬裝，無人認得出他的廬山眞面目。這種浪漫傳奇，目前還有一些殘餘版本，但卻乏人問津。不過這些故事卻爲更複雜有趣的作品提供了背景資料。羅馬作家佩脫尼亞斯（Petronius）的《撒提瑞康》（*Satyricon*）及小說家阿普利亞斯（Apuleius）的《金驢》（Golden Ass或《變形記》*Metamorphoses*），皆源於此㊂。從羅馬

㊂ 佩脫尼亞斯，生於羅馬暴君尼祿 Nero（54—68A.D.）時代，生年不詳，卒於 65A.D.《

作家的作品中，此一傳統，得以保存，流傳到十六、十七世紀，以現代歐洲語言所寫的小說相繼出現，例如《唐吉訶德》(*Don Quixote*) 和《湯姆・瓊斯》(Tom Jones) 等小說，都很明顯的，受了此一傳統的影響㊂。

《奧德塞》中還有一個新題材，也十分重要有趣，那就是「女人」。《伊利亞德》裏所描寫的女人如赫枯巴、海倫、安拙瑪琦，手法都不錯，令人十分滿意，讀來完全沒有那種噎着嗓子，故意尖聲尖氣假裝女人之病。至於女神，也一樣，她們參與世事的精神與態度，很明顯的與男神們有所不同。所謂不同，當然不是意味着女神比較不活躍或影響力不大。

《伊利亞德》中的女人，在全詩高度的集中與濃縮下，與其他題材一樣，都化

撒提瑞康》可能成書於他的晚年。現今全書不存，只餘片斷，是羅馬諷刺文學中的妙品，反映尼祿時代價值崩壞，禮樂不存的世紀末現象，十分傳神。意大利大導演，曾把該內容加以現代化後，拍成電影。阿普利亞斯生於西元一二五年的北非洲，後游學希臘，又至羅馬為律師。作小說《變形記》，一名《金驢》共十一卷，記人因幻術，變化為驢，後終以神力，得復人形。此與希臘小說《人或驢》(*Lukiasê Onos*) 十分相似。

㊂《唐吉訶德》是西班牙大小說家西萬提斯 (Migul De Cervantes 1547–1616) 的名作。《湯姆・瓊斯》是英國大小說家費爾丁 (Henry Fielding 1707–1754) 的傑作，是所謂「歹徒小說」中的經典。主角從一地浪遊到另一地，所到之處均有一番冒險，驚世駭俗，寫盡世間百態。

成了陪襯，其存在的目的是爲了要把戰士們的形象烘托得更突出。赫枯巴的兒子們都是戰士，高貴勇猛的海克特是大哥，表現欠佳的巴瑞斯是弟弟。㊃我們所看到的赫枯巴，是做爲「母親」的赫枯巴。安拙瑪琦是英雄之妻，嬌兒之母。詩人賦予她充沛的力量及深度去扮演此一角色，結果成功非常，叫人難忘。她活着最大的目標，就是爲做個賢妻良母，英雄死後，做妻子的也就沒有什麼好說了。她的一生剛好輔助且補成了英雄一生的事業。要是沒有安拙瑪琦，也沒有幼子等着英雄冒生命的危險去保護，那英雄主義會變得既不必要也不可怕了。心中一想到妻子所要受的苦，他便心如刀割，忍受着世上最難忍的焦慮；而且還必須帶着這份焦慮，重回戰場。海倫，同樣的，也是通過兩個戰士的眼光來描寫的。這兩名戰士分別是海克特與巴瑞斯。至於阿奇力士那名惹人愛憐的美女布蕊西絲，該是全詩的中心人物，可是她的性格完全沒有發展，草草帶過，形同道具㊄。

相反的，在《奧德塞》裏，女性人物多得很，她們相互不同，對照起來，十分

㊃ 根據 E.V. 瑞奧的看法，海克特應該是弟弟，巴瑞斯才是哥哥。因爲從故事的情節上判斷，巴瑞斯已結婚多年，而海克特才結婚不久。

㊄ Briseis 被阿奇力士擄來之後，又被阿加曼儂奪去，引發出無數爭端，但荷馬對她着墨不多。由此可見，女人在「伊」書中的地位是陪襯男人的。

有趣。奧德修斯先是與色喜糾纏不清，後來又與加力騷搞在一起，到了非阿先人那裏，他又認識了公主諾西卡，還有她那人見人畏的媽媽阿瑞提（Arete）。在家中，則有貞潔的潘妮羅珮在等他；老奶媽尤瑞可莉亞掌管家中事務，個性剛烈無比，雖然忠心耿耿，但也頗愛自做主張。他在海上航行之時，女神雅典娜經常指點他，照顧他。女神對他這個凡人的態度，比起《伊利亞德》中的，要和藹可親的多。因此，有人建議說，全詩很可能是出自女流之手。這種論點是英國小說家山米歐·巴特勒(Samuel Butler 1835-1902)首先提出的。不過，如此看法，未免天眞，我們不能因爲書中透露出一些對女人的關切，就非要說全詩是女子寫的不可。

與其說本書是女人寫的，還不如說本書對女人的行爲深感興趣，尤其是對她們曲折行事的手法與幽深難解的個性之描寫，算得上是本書的特色之一。甚至在《伊利亞德》中都有這種例子：在第十四卷有一節結構複雜的段落，描述天后赫拉如何聲東擊西，誘惑宙斯。她先編了一套故事去騙愛神阿富羅黛蒂。從她那裏借來一種誰都無法抗拒的化粧品，以便去迷倒宙斯(六)。於是赫拉便去看宙斯，漫不經心的告

(六) 此地的化粧品是指愛神的腰帶，那種類似箭頭形狀由小腹往下垂的腰帶，有點像肚皮舞孃所繫者，其中藏有愛情三大法寶：(一)愛，(二)慾，(三)甜言蜜語。

訴他，她剛旅行回來……凡此種種都顯示出女人做事的方法，以曲折而巧妙的方式達到目的，絕不與頭腦簡單的男人正面衝突。

在《奧德塞》裏，所有的女人都有一個共同的特色，那就是一種神秘難解的個性，男人根本就猜她不透。加力騷是個可愛的女人，很想把奧德修斯留在海島上，並與他結婚。但她同時又是一個超人，長生不老的女神，如果發起怒來，身為凡人的他，還不得不小心些。當宙斯派信使之神赫米思到加力騷處去告訴她，一定要放奧德修斯回家。赫米思用很巧妙的方法婉轉表達來意，「你問我為何來此？是宙斯命令我來的，我本人並不情願；來回跑一趟，眞是路途長遠又艱辛。但又有哪一個天神敢違背或逃避他所分派的任務呢？逆了他的意還得了？他告訴我說，妳這裏有個凡人男子跟妳在一起……他命令妳放他一馬」（V．79—115，大意摘述）。他強調宙斯那種誰也無法抗拒的無比力量，暗含警告加力騷的作用，他避免提到問題的重心，那就是加力騷深愛着奧德修斯，根本捨不得放他回去，這麼一來宙斯的命令就難以服從了。加力騷力陳她的不平與悲傷，大膽的承認她愛得很深，認為上天做事採取雙重標準，不時插手干涉，不讓女神享受人間戀愛㊆。可是當她把這個消

㊆ 此地暗指宙斯本人可以與世間女子談愛生子，這簡直是只許州官放火不許百姓點燈。

息告訴奧德修斯時卻說：「不要流淚，我將盡心盡力送你回國。去造一隻木筏吧，我會以順風相送，以便你能順利的踏上自己的國土。要是神意如此，令出必行，面對勢大力大的強者，渺小的我，是無法不從的。」最後那句話，奧德修斯聽不出來，我們讀者可是心知肚明。這句話正表達了她的不滿與怨恨，怨恨天上大神以壓力迫使她與他分離。話裏的意思，奧德修斯當然不懂，他還以爲她願自動幫助他盡早離去呢。

當然啦，她突然回心轉意，自動放行，實在出乎他的意料之外，奧德修斯不禁懷疑這整個事件，會不會是另一個詭計。他要她發誓說其中無詐，對他無害，方才放心。加力騷順從的發了誓，然後微笑着對他說道：「我腦中不生邪念，心胸亦非鐵石，正相反，我的心是善良的」（V·190—1）。她引他進入洞府，奧德修斯「坐在剛剛赫米思坐過的椅子上」，兩人對坐宴飲，他所吃所喝盡是「凡人所食之物」，而她卻吃的是天上的瓊漿（Nectar）玉液（Ambrosia）。剛才寫椅子那一段，只有讀者看到，奧德修斯是毫不知情的，他不知道赫米思來過，迫使加力騷放他。至於兩人吃不同食物的描寫，也象徵了雙方基本的差異，他倆是不相配的。

倆人最後的這段談話，是以曲筆寫成，暗藏玄機，沒有明顯說出來的地方，才是重點所在。「你眞是那麼想立刻直接揚帆回家嗎？果眞如此，那麼再見吧。要是你能預知你的前途多艱，苦難重重，那你還不如留在這裏陪我做神仙來得好。你渴望見你的妻子一面，日日思念，卻不想我也一樣美麗多姿，不比她差，何況我是神仙而她只不過是個凡人而已」（V・203—12）。要回答這樣一番說辭，可眞不容易。事實上，要想漂漂亮亮的向一個漂亮的女人說再見，是非常困難的。接下來我們又聽到加力騷如此表白：「是爲了你那個太太，你才離我而去——我時時幫你助你，本事比她可大多了，講吸引力，她也不是我的對手。」隨後她又加上一句：「留下來陪我吧！」

奧德修斯沒有正面回答，反到開始讚美強調她的神聖起來，說她高高在上，他簡直無法相配。「莊嚴可畏的女神呵，請不要生我的氣。我明白妳剛才講的一點都不錯，凡事謹愼的潘妮羅珮在美貌與身材上都不能與妳相比，她是個凡人，而妳卻是長生不老的天神。不過，我仍然想回家，想看到我也有回到家中的一天。假如我註定要在回航中受苦受難的話，我也不在乎，以前已受過不少了，再加一點又何妨。」他急急忙忙的承認潘妮羅珮不如她吸引人——並說明他急着回航的原因，不是想太太而是想家的一段，使女神不言而喻心照不宣的懇求，得到一番含蓄暗示的回答。我們的英雄在婉拒時，盡量避免傷了她的自尊，讓她保持她的莊嚴。(六)

色喜是另外一型的女人。當她的魔法失效，起不了作用時，她立刻把奧德修斯引入她的臥房。但是我們這位心思細密行事小心的英雄，立刻懷疑到其中有詐，以爲她計劃趁他赤身露體之時，「使我耗盡體力，虛弱陽萎」(X．341)，於是他讓她發重誓以爲約束，這一招是赫米思敎他的。這樣做，對我們讀者來說，也是合理的謹愼，應有的預防。他們雲雨一番之後，色喜把他被關在豬舍裏的手下，全都恢復人形。從此，他們在色喜之處過了一年之久的舒服日子。到頭來還是他的手下，不是奧德修斯自己，覺得該啓程回航了。奧德修斯抱着色喜的雙膝，以祈求之姿，希望她放他們一馬：「我想家想極了，我的夥伴們亦復如此。妳不在時，他們圍着我傷心悲嘆，弄得我爲之心碎不已」(X．484—6)。我們這位女神回答的倒也乾脆：「不要勉強留在我這裏……」。她擬訂計劃，安排食物補給，好讓他們返航。而返航途中必經之地，包括了地獄陰間。這回可沒有纏綿的送別場面，他們直接上船，色喜以隱身法送上黑色的公羊母羊各一隻，這是在進入陰間時，必須奉上

(六) 由此可見，奧德修斯寧願爲人，不願爲神。

的犧牲：「誰能用肉眼看到神呢，如果他經過時，不主動現身的話？」

色喜立刻化敵爲友以身相許的做法，從人的標準來看，未免顯得有點奇怪，這與眞實的人生無涉，反倒有點像格林童話（Grimn's fairy tales）裏的行事法則。我也知道色喜老早就認出眼前這個陌生人是奧德修斯，詩中一直沒有說淸楚，色喜是不是因爲發了誓的緣故，而沒有大大的擺他一道。奧德修斯的手下怕她怕得要死，而奧氏本人與她打交道時，也是謹愼萬分的。很顯然，當初他不知道，如果向她提出回航要求是，她的反應會如何，會不會允許他們順利離開。色喜可不是溫柔的加力騷，她的反應是近乎商業式或就事論事式的乾脆。而事到臨頭，她的行動又叫人高深莫測，難怪奧德修斯要在最後自問自答的說道：「誰能用肉眼看到神呢……如果他經過時不主動現身的話？」——這句話顯示出他對了解她是一點把握也沒有。

感情的加力騷與理智的色喜代表兩種不同類型的女人。當英雄浪遊世界航行海上時，這兩種女人他都可能遇到。而諾西卡，菲阿先人的小公主，是第三種類型。她涉世未深天眞無邪，但卻充滿了各種潛能。那天晚上，當奧德修斯赤身露體渾身是傷的漂流到非國海岸之時，她做了一個夢。夢中有一友人向她現身，告訴她說：

「諾西卡，不久妳就要成婚了，我國的一位青年貴族，會向你求婚。屆時妳要準備許多一塵不染的服裝，除了自用之外，還要送給夫家。明天，向妳爸爸要幾匹驢子一輛車子，讓我們一起到河畔去洗衣服吧。」（VI・25—40）。第二天，諾西卡向她爸爸提出請求，理由只是她要洗的衣服太多了。詩人觀察道：「她不好意思跟自己的爸爸講結婚『那種事』，然而，他爸爸卻早明白了……」（Vi・65）。

奧德修斯又睏又乏，在沙灘上沉沉死睡，突然被一陣少女的尖叫驚醒，原來是她們玩的球掉到海裏去了。此時他的情況十分尷尬。他是否應該以標準的乞求姿勢，一把將小公主的雙膝抱住。自己赤身露體，渾身上下都是片片曬乾的鹽塊，這副樣子，準會把人家給嚇壞了。他十分謹慎的放棄採用上述的做法，換了個方式，站得遠遠的，來上一篇措詞小心，內容斟酌的聲明：他首先誇讚她的美麗（「妳是不是女神呀？」）讓她知道，他現在的樣子雖不得體，但他本是君子之人，有過風光的日子（「當我去戴落斯 Delos 時，身後從僕如雲」），最後，他預祝「她萬事如意」：有一個美滿的家，一個愛她的丈夫。如此動人的一番話，眞是十分中聽。難怪她立刻就接受了奧德修斯，因爲「你既不低賤，也不愚笨」，同時，她還拋下明顯的暗示——「你可不能跟我走在一起，不然，人家會說：『跟諾西卡在一起的那個又高又帥的異鄉人是誰啊？她是在哪裏認識他的？她以後會不會跟他結婚』？」（Ⅵ·275）。

奧德修斯很順從的獨自一人進城，見到了國王。國王跟他說，他女兒處理此事的方法十分得體，只有一個小缺點，那就是讓他一人進城，她應該親自陪他回來才是。奧德修斯立刻扯了一個善意的謊為她辯護，說本來她是要他跟她一起來的，是他自願單獨前來，以免路上遭人嫉恨，生出事端（Ⅶ·298—307）。最後，當奧德修斯在菲阿先人遵守諾言送他回航時，諾西卡製造了一個機會，跑來跟他說最後幾句話：

> 再見了，陌生人，
> 回家之後，可別忘了我，
> 我是第一個發現你救你一命的人。（VIII, 459）

奧德修斯豪氣十足的回答了之後，兩人便永別了。諾西卡這段故事的整個氣氛，都很細緻婉轉，充滿了無形的社會規範及弦外之音。而其迷人的力量，正好就在其含蓄不露之處。諾西卡最後一句話中沒講出來的，讀者自己可以補充上。她整天夢想着結婚，夢想着遇見一個叫自己心搖目眩的陌生人；要不是事與願違的話，她早就一廂情願的跳入愛河了。

女心幽微難測，詩人卻對此頗感興趣。在《奧德塞》卷四卷五中有關海倫的場面裏，我們又可看到關於這方面的描寫：她徐娘半老，風韻猶存，雖然有着動人心魄的過去，但目前在斯巴達卻仍能冷靜端莊，指揮若定，一擧一動，搶盡她那位好好先生的鏡頭。她在奉酒時，把忘憂之藥滲入其中，讓在座的客人都能樂以忘愁㊈。同樣的，潘妮羅珮也老是城府很深的樣子，女神雅典娜亦復如此。奧德修斯每次有難時，雅典娜便會一面撫慰他一面說，她不會棄他而去的，因爲他是如此的智巧聰明，極富創意而又能動心忍性。而奧德修斯則抱怨道：「女神呵，我們凡人要認出妳，可是太難了，因爲妳老是幻化成各種形狀」（XIII•312—13）㊉。

㊈ 海倫在酒中下藥，事見《奧德塞》第四卷，當泰勒馬可士訪曼尼勒斯時，海倫出現在羣英會上，以埃及產的草藥，類似止痛劑（anodyne）之類的，來爲大家調酒。

㊉ 此處是指女人變化多端，難以捉摸，雅典娜女神擅變化之術，正好可爲女人這方面特色之象徵。

希臘大哲學家亞里斯多德（Aristotle）在他的名作《詩學》（*Poetics*）第二十四章中論《伊利亞德》，謂其「情節單一，故事則以描寫苦難為主，《奧德塞》之情節複雜，故事則以描寫人物為主」㉑。由此可見，對描寫人物有興趣與對描寫女人有興趣，是息息相關的。《奧德塞》中的女人在塑造之初，本身就十分吸引人，而其吸引人的原因在「神秘感」的展現。她們彼此形成了一組人物，相互對照又相互強化。全詩在這方面的成就，又開啓了另一個淵遠流長的傳統。希臘大悲劇家尤瑞皮底斯（Euripides 480-406 B. C.）㉒繼承了這個研究女人的傳統，特別在他許多著名的悲劇中，給女人一個重要無比的位置，以便探索其靈魂。此後，侯德斯的阿波隆尼亞斯（Apollonius of Rhodes 西元前三世紀人）㉓。及羅馬大詩人味吉爾（Virgil 70—91B. C.）也處理過同樣的題材，特別是味吉爾在他的史詩《

㉑「詩學」並非只討論詩或史詩而已，並兼及戲劇，在希臘人的觀念中「詩」可泛指所有的文學。

㉒他以悲劇《米蒂亞》（*Medea*）及《特洛伊城的婦女》（*The Trojan Women*）等傑作，名列希臘三大悲劇家之一，主角都是女人，深刻的探討了她們的遭遇與地位。

㉓西元前三世紀時，史詩之製做，已見衰落。短歌（Elegos）之風開始興起。此時只有阿波隆尼亞斯還獨賡墜緒，寫下 *Argonautika* 一篇長篇史詩，但已不為世人所賞。

伊尼亞德》（*Aeneid*）中，把爲愛受苦當成史詩的主題。味吉爾所創造出來的戴朵女王（*Dido*）風靡了整個中古歐洲，文人墨客朝思暮想，入迷甚深，連偉大的聖徒如聖奧古斯丁（Augustine），自我克制的能力那麼強，也被戴朵的故事所迷㉔。由於味吉爾的關係，此後悲劇性的戀情，成了歐洲詩歌中最崇高的主題，而歐洲詩的特色之一也正好在此。情詩的傳統源於味吉爾；小說的傳統則源於《奧德塞》。我們要找《奧德塞》的現代化版本，還要在小說的傳統裏去找㉕。

上面我們探討了許多構成全詩的要素，諸如對心理方面細微變化的興趣，對社會禮俗細微差異之描寫，凡此種種，皆非英雄式的題材，有一位古代批評家甚至稱《奧德塞》爲「一種風情喜劇」（「a sort of comedy of manners」）。說實在，本書確實要比《伊利亞德》要更近於寫實主義。雖然這是一種融合了某些神怪奇情味道的寫實主義，但讀罷全書卻並沒有那種看起來好像應該矛盾百出的感覺。二十

㉔ 特洛伊城破之後，伊尼亞斯逃亡海上，準備至意大利建國。不幸船沉，爲迦太基女王戴朵所救。戴朵愛上伊尼亞斯，伊尼亞斯願與他共同統治迦太基。伊尼亞斯則以身負建國重任而拒絕了。伊尼亞斯遠航羅馬後，戴朵舉劍自刎，爲愛殉情。

㉕ 例如愛爾蘭大小說家喬艾斯（James Joyce 1882–1941）寫的《猷利西士》（*Ulysses*）就是《奧德塞》的現代化，用古典神話史詩爲材料，來探索現代人的種種問題。

世紀的今天，在當代人的作品中，對所謂英雄式的種種，早就不屑一顧了，大家公然宣稱，我們需要的是自然主義（natualism），不是那些裝腔做勢的虛僞裝飾。但奇怪的是，我們一方面要求自然主義，一方面又對科幻小說、占星學、巫術大感興趣，怪哉！

與《伊利亞德》對照起來，《奧德塞》中還有一樣新東西，是我們這個時代的文學中不可或缺的：那就是「濫情濫感」sentimentality。我們曾經注意到，客觀描寫是《伊利亞德》風格中一項驚人的特色。我們也注意到其中英雄主義的觀念，激發了書中的英雄成爲眞正的英雄。

但在《奧德塞》中，人物的眼光老是向過去看，回憶過去的苦難，常常有情不自禁流下慶幸眼淚的場面。甚至在應該默哀一番的時候，亦復如此。《伊利亞德》的態度是眞正戰士的現實態度，這一點在下面這個例子中表現得最爲清楚。當奧德修斯說：「我們一定要埋藏死者，硬起心腸，只爲他們追悼一天，就算完事」（19·118）至於其他如阿奇力士對佩脫克拉斯之死而大感悲痛，老王普瑞姆對愛子海克特之死而痛不欲生，所用的筆法，完全相同。

在《奧德塞》裏，我們可以看到曼尼勒斯，在斯巴達安享榮華富貴，然一提到特洛伊戰爭中死難的戰友，他便悲從中來，惹得大家紛紛垂淚：

他說着說着，惹得大家都想哭了。
宙斯的女兒，阿奇孚的海倫哀哀而泣，
泰勒馬可士落淚了，阿屈阿斯之子曼尼勒斯也是；
披西士屈特斯的眼睛濕了，因爲他想起了
他那被米農所殺的哥哥安提洛可士……（IV．183—8）

過了一會兒，曼尼勒斯說道：「現在，讓我們擦乾眼淚，專心歡宴吧」：大夥兒各自把東西吃完，海倫則奉上忘憂藥酒，講了一則奧德修斯的故事來勸飲。由以上的描述，我們可以知道，此地所流的眼淚，不如《伊利亞德》裏的來得深沉，來的快，去的也快。像這樣多愁善感的情形，在許多其他的場面上也出現多次。因此，當潘妮羅珮拿弓之時，不免也泣下數行。㈥在比賽之前，先要把奧德修斯的弓捧了

㈥ 事情是這樣的，潘妮羅佩決定讓求親者以彎弓射箭爲試，誰的技術好，誰就能與潘妮羅佩成婚。弓是奧德修斯之舊物，等閒之輩根本連弦都拉不上，更別說彎弓了。

出來。封了二十年的弓，今番重新啓用，是爲潘妮羅珮考選新的夫君。她起身親自去拿那弓，從架上取了下來，「一旁坐下，置之於雙膝之上，不禁落淚悲泣，此無他，重見夫君舊物之故也。她痛痛快快慟哭了一場後，回到比賽大廳」（XXI·53—8），那些忠心耿耿的家臣，看到主人的大弓，也都紛紛傷心落淚。這個場面，誠然感人，但距濫情濫感，也就不遠了。

另外一種全詩到處可見的手法就是戲劇性的反諷（dramatic irony）。本書中有太多的人物不是喬裝就是化名微行。因此在許多場合中，其他的角色，因爲不知他們的眞實身份或重要的實情而失言失態，此刻讀者倒是一淸二楚，洞悉眞相的。在卷第一中，雅典娜去看泰勒馬可士，喬裝成他爸爸老友的樣子，鼓勵他要有新希望，肯定他爸爸一定會回來維護自己的權益，對付那些求親者。於是泰勒馬可士才有膽子，破天荒的要那些求親者從他家裏滾出去。求親的人都被他這一招驚得啞口無言。久久，才有一個頭頭發出話來：「泰勒馬可士呀，一定是什麼神把你教得言語狂妄，口氣托大。……」（I·384），殊不知，他罵的這些，正是事實的眞相。

後來，雅典娜又親自陪泰勒馬可士，遠遊至派洛斯地方奈斯特的宮廷去拜訪。當他們到達時，奈斯特正和他的管家們在海岸上舉行對海神波賽登的祭典。雅典娜告訴泰勒馬可士一定得親自去拜見他，以便面接教言。可是他太年輕了，皮薄面嫩，躊躇不前：

「我該如何上前，又該如何拜見？
我不善詞令，又乏經驗，
以晚輩向長輩請教問詢，實在感覺怯場。」
眸光閃亮的雅典娜立刻答道：
「泰勒馬可士，有些事一定要你自己去想去判斷，
其他的事，聽神吩咐卽可，
因爲我認爲，凡人生養教育，沒有神是不成的。」（III・22—8）

奈斯特的兒子，溫文有禮，把他們當做一般的行旅之人，請他們一同參加祭典。因爲看到雅典娜似乎是個有道長者的樣子，便請她在儀式中祈禱一番。雅典娜很喜歡這個年輕人，便一口答應下來，當場對海神波賽登做了祈禱。詩人在此，評論了一句，「以上就是她祈禱的內容，她自己早已保證一定會實現的」（III・14—63）㉗。

㉗ 因爲雅典娜自己本身就是神，不必向波賽登祈求如願，她自己就可以辦得到。

雅典娜對泰勒馬可士可謂關懷備至，在他言語不暢時，常常啓以字彙，敎以詞令。而這次更主動參與宗教祭典，祈禱一番，這對讀者來說，是別具義意的。因爲對書中其他人物而言，她只不過是一個普通的老頭子。但讀者卻知道，這是女神的化身。奧德修斯在菲阿先人處的活動及在自己家中的行動，也充滿了這種化身的情形。由是可知，詩人對化身之類的題材，興趣盎然，特別偏愛。

在此之後，「反諷」作爲一種文學技巧或態度，歷史十分悠久，這個題目談起來太大，已超出本文的範圍了。但是《奧德塞》中那種特有的「反諷」與戲劇中的「悲劇反諷」，則十分類似。例如希臘大悲劇「伊底柏斯王」就是證明。劇中每發生一件事，都有其另一面的「眞相」，而對主角來說，這「眞相」又往往是義意重大，可怕非常的。如果在文藝復興時期的劇作中找資料，我們便可發現《奧德塞》中的「反諷」與莎士比亞許多戲中的「喜劇反諷」(comic irony)關係也很密切。擧個例子，莎翁名劇《威尼斯的商人》中的女主角波西亞（Portia）及《惡有惡報》(*Measnre for Measure*)中的公爵，就是利用化身之術來達到「反諷」的效果。㉖

㉖ 波西亞是富家女嗣，年輕貌美，她假扮成律師幫助好友打官司，並要放高利貸的那個猶太人從身上割下一磅肉來賠償。公爵的本名是文生提奧 Vincentio，他扮成神父模樣，在城中暗訪民隱。

有一次化身乞丐的奧德修斯問牧豬奴尤米阿斯及牧牛奴菲利提阿斯，假如奧德修斯回來了，他們會怎麽辦（XXI．193）。這一段的精神，與莎翁劇中精神，十分相似。例如在《如願》（*As you like it*）女主角羅莎蘭（Rosalind）假扮男生，對她所愛的男友提供如何交女友的忠告。這種安排與奧德修斯那一段，可算得上是異曲同工了。

我們剛才說過，《伊利亞德》是死亡之詩。原因是全詩把生死做完全的呈現，至於靈魂在死後的命運及活動的細節，則避而不提。對死亡，詩人只描寫死別之悲，辭世之哀；描寫從光明世界轉到黑暗無知世界之苦痛，進入黑地司（Hades）腐臭的領土中，一去不回。

《奧德塞》對死亡這個主題的看法則沒有那麽嚴重，因此可以放手去描寫走訪地獄的種種，毫無隱諱。奧德修斯根據色喜的指示，不從陸路到地府，而從水路航行在「大海河」（The Stream of Ocean）中(元)，最後到達一座險惡的林子。林子爲陰間之后波賽風妮所有，在那裏，火河皮瑞福來格松（Pyriphlegethon）與悲河

(元) 古希臘人相信大地如鐵餅，中分爲二，四周有一大河圍繞，名曰：「大海」。大海河的彼岸，就是死者之鄉。

可塞特斯（Cocytus）滙流成地獄黃泉艾克龍（Acheron），此乃哀痛之河是也。在那裏，他開始召喚地府中的死者，首先，他殺黑色的公羊母羊各一隻，以爲獻祭，羊血流出之後，果然吸引了大批死者過來。死者除非飲過羊血，不然無法說話，只有大預言家提瑞西阿斯才有能力保有心智的力量，不喝羊血，也可發言。這種喝羊血的說法，當源自於古代信仰，認爲生物之血就是其生命，死者一定要喝鮮血，才能重獲一些生命的力量。

上述這段故事，令讀者驚訝之處，是讀來絲毫沒有一般地獄那種陰森恐怖猙獰的味道。普通作家一寫到地獄，總是盡量寫的可怕一點，甚至連處處模倣荷馬的味吉爾也不例外。在史詩《伊尼亞德》中，他也讓主角伊尼亞斯下地獄走訪一番，於地獄門前遇到擺渡的舟子查龍（Charon），雙眼噴火，好不怕人；又在其他地方遇到各式各樣的怪獸，十分恐怖。此後，用拉丁文寫成的地獄故事，一個比一個可怕怪異。《奧德塞》的作者，在精神上，仍然十分接近《伊利亞德》的作者，都有共同的認識，那就是把超自然的恐怖從世間消除，如果萬一非提不可，下筆也十分小心謹愼。

《奧德塞》中地獄一段，最讓人記憶深刻的是主角與他母親的鬼魂相會的情景。她以家常樸實的言語，告訴他，她爲了思念他而鬱悶致死。此外，他與其他攻打特洛伊的英雄及朋友相會時的情景，也讓人感動。如阿加曼儂自述如何被那對姦夫姦婦謀害便是例子：「說實在，我還以爲我返家時應受到我太太及家臣們的歡迎才是。……」（XI・430）與阿奇力士的靈魂相遇那一段，也十分有力。奥德修斯向他招手致敬：他生前受人尊敬，有如天神一般，死後也成了鬼魂之王，依舊受衆鬼尊敬。阿奇力士聽了，絲毫不感安慰，他說：

> 出色耀眼的奥德修斯呀，別看我死了，
> 便說這些話來安慰我，
> 我倒寧可活着在陽世替人家作工，
> 做一個貧無立錐，僅能糊口的人，
> 也比做衆鬼之王來得好得多（XI・488）

上面這段話有兩點值得注意：㈠表示做奴隸，比做一窮二白的自由人好。這個觀念在全詩其他地方也出現多次。㈡《伊利亞德》中的阿奇力士，在這裏大大的改變了。以前他面對死亡，眼也不眨一下，認為死就是英雄主義最好的報償。現在他改變了，竟能說出一大段感人至深但絲毫沒有英雄氣概的悲哀之言。在陽世為首領，死後到另一個世界，仍然是首領，這是《奧德塞》中所表現出來的觀念，《伊利亞德》裏根本沒有這一套，因為這種觀念會把極端可怕的死亡給淡化了，如果將之放進一部嚴肅冷峻的史詩中，會顯得格格不入的。《奧德塞》卻已從上述那種冷峻嚴肅的觀念中脫逸出來，使得阿奇力士與瑟斯提斯在地獄中變得並無高下之分了㉚。

最後，我們讀者伴隨奧德修斯遊了一陣子地獄，看到了許多神話中惡名昭彰的惡人在受死後的折磨與刑罰。他們包括了丁得拉斯（Tantalus），西西弗士（Sisyphus），提底阿斯（Tityus）——他們不是普通的罪人，所犯的罪名都是觸怒天神或對天神不敬之類的㉛。在此，我們沒有基督教式的死後永生，來代替一般荷馬式

㉚ 瑟斯提斯是《伊利亞德》中的一個小人，文武皆差，卻會罵人，常受大英雄們的嘲笑斥責。事見卷第二・212—219行。

㉛ 丁得拉斯是宙斯之子，後來他與天神結怨，竟把自己的兒子殺了，煮成食物，供天神食用，以達到褻瀆神祉的目的。衆神知道眞相後大怒，罰他站在地獄的水池中，上有果樹，下有清水。他渴時彎腰喝水，水不見了；他餓時舉手摘果，果子上升，他永遠站在那裏，永遠無法得到他所想得到的。西西弗士則因觸怒宙斯而被罰推滾石上山，剛推石

的人生圖畫㊂。荷馬式的惡人都被罰在固定的地方受刑。奧德修斯當初站在地獄的邊緣召喚鬼魂，以爲所有的鬼魂都可以自由走動，到後來才發現在地獄中的英雄與他當初有的概念完全不一樣，於是他便遊起地獄來了。

當我們讀到有關來世或另外一個世界的描寫時，自然而然的便會想到其中必有嚴肅的神學意義。以埃及人爲例，我們知道，他們把詳細記載死後世界的文獻，與人死後到陰間應該如何行事的規則，都看得無比重要。而希臘人呢，至少在西元前四百年左右，在西西里島（Sicily）及義大利半島上，希臘人行葬禮時，一定在屍體上放一片金葉子，上面記着死後世界的種種，以及到了陰間應該如何行事的規矩，以便幫助死者的靈魂順利通過這人生當中最重要的旅程。

後來在歐洲，西元一世紀左右，味吉爾在他史詩《伊尼亞德》卷六，寫伊尼亞斯遊地獄時，便加重了道德及神學的份量。至於中古時代（西元十二至十三世

上至山頂，石又落下，必須重新再推。如此這般，永無休止。巨人提特阿斯對女神萊朵 Leto 不敬。萊朵曾與宙斯生下太陽神阿波羅，於是阿波羅便把巨人打入地獄，吩咐禿鷹去啄食他的肝臟，吃完之後，又復再生，然後再啄一遍，永遠受被啄之苦。

㊂ 依基督教的教條，凡人死後，善者得好報，惡者受懲罰。

紀）但丁的《功德圓滿》（Dante: *Divine Comedy*），那就更不用說了。然而《奧德塞》第十一卷，只是純粹的文學。陽間既然全被英雄所左右了，到了陰間，詩人也只好仍舊把焦點放在英雄美人身上。這樣一來，便產生了許多悲愴之情，懷古之意，效果是非常成功的。這種效果，不但在卷十一出現，在其他地方，亦比比皆是。在十一卷卷末，英雄們準備起程繼續出海冒險時：

> 各式各樣的鬼族，羣聚在我的身旁，發出可怕的喊叫
> 一陣恐懼襲上心頭，使我臉色發白，
> 生怕那死神之后波賽風妮從地獄裏
> 給我送來一個戈共怪獸的頭顱。㉓
> 我立刻上船，通知水手起航……（XI·632—7）

在這麼古的詩創作中，對地獄的描述，竟是如此的平實而不怪誕，實在是一件非常

㉓ 戈共（Gorgons）怪獸，金翅銅爪，長蛇叢生爲髮，臉色猙獰可怕，凡人一見，立刻化石。

不容易的事，所謂「各式各樣的鬼族」，就好像是愛琴海沿岸各式各樣的部族一樣，二者之間的有趣之處，是非常類似的。㉔甚至在他離開地獄時那個驚恐的場面，與以前「兩次」比起來，都大不相同。他曾「兩次」從食人巨族中逃脫，一次是從利撕吹哥尼安巨人族 Laestrygonians 手中逃生，另一次是從獨眼巨人塞苦勞撲的洞中亡命，兩次都損失慘重，犧牲了許多得力的幫手（X‧126—30）。

在以後的文學作品中，描寫到地獄時，很少能用如此冷靜的筆法來寫的。這表示當時的詩人與聽衆都是相當有深度的，並非浮淺泛泛之輩。

㉔地獄的種種可怖，也要經過相當時間的累積，才能完備。原古之時，各民族的地獄設備，都是十分簡陋的。

㉕利撕吹哥尼安巨人族都是愛吃人的。一次奧德修斯航行到他們的島嶼附近，派了兩個人上岸問他們可不可以停靠上岸，巨人把其中一個吃了，另一個則見機逃了出來。於是巨人們便紛紛站在海中，以巨石扔打奧德修斯的船隻，打死了他許多手下。

結語

荷馬史詩源流甚古，在英國文學中，並無與之相類似的文體。從現代的眼光看來，其主題及素材未免不切實際又小題大作。法國大小說家馬塞・普魯斯特(Marcel Proust 1871-1922)寫道：

遙遠遙遠的古代人物與我們之間，好像有無法丈量的距離。如果我們今天遇到某些想法，使我們覺得與讀荷馬式英雄時所產生的感覺十分相似時，我們心中會爲之一驚的……我們看史詩詩人，覺得他與我們的距離非常遙遠，遙遠得有如看一頭動物園裏的野獸一般㊀。

本書的主旨在說明，上述史詩實在是極有深度的作品。既不是老掉牙的古董，也不是半野蠻的冒險故事，其中有重要無比而又永恆深刻的觀念。從時間上與空間上看來，這些史詩並沒有離我們遠到不可了解的地步。

《伊利亞德》的作者運用傳統的材料與形式，創造了一篇全新的作品，對這個世界及人在世界中的地位，都有一貫而不同流俗的看法。全書集中力量探討生死之間的可怕對比，凡是可能分散此一注意力的事物，全都排除盡淨。詩中的英雄代表了人類不朽功業的極致，人類在面對死亡時的掙扎奮鬪，其慘烈動人處，足以吸引天神眷顧。由是人類生命的價值得到了頌揚，且被提升到某種層次，創造了新的意義。凡此種種，正好成爲詩歌的題材，使得人性中的偉大面與脆弱面都得到了恰當

㊀ 普魯斯特是歐洲現代小說大家，以用意識流手法寫作稱著，他的名作《往事回憶》（*Remembrance of Things Past*）成書於一九二二年，是歐洲現代小說的經典之作，上述引言是從《往事回憶》中的〈戈蒙道中〉選錄出來的。見 *Scott Moncrieff* 的英譯本 II·150。

的描寫讚美與歌頌。

《奧德塞》雖然純度不夠，但卻具有相當的包容性，對世上各式各樣的變化有着廣濶無比的興趣，但對天神與英雄主義的觀念，與《伊利亞德》比起來，則大不相同。無論是天神也好英雄也罷，大家行事都要在道德上說得過去。這一點與我們現代人的觀念，十分接近。在一個巧詐欺騙橫行，事務日益複雜的世界裏，奧德修斯這種以耐力與詐術見長的英雄，取代了以直率莽撞著稱的阿奇力士：他必須面對那些不忠的部下，抵抗奇異的怪獸。我們在書中發現了一種與衆不同的「寫實主義」，同時也發現了一種「逃避主義」㈡。

荷馬史詩並沒有告訴我們說，這世界是爲人創造的，也沒有說人在世界上就應該理所當然的快樂幸福㈢。但卻告訴我們這世界可以人類的方式來理解，人類生命是有其尊嚴的，不僅僅是卑微無名的在黑暗中掙扎幾下而已。

㈡ 所謂的「逃避主義」是指文學作品與當時的世界無關，有點不食人間煙火的味道，如〇〇七的諜報電影，或鴛鴦蝴蝶式的純情浪漫小說。

㈢ 此處暗指荷馬史詩中的觀念與聖經中的不同，聖經認爲上帝造世界是爲讓人主宰；亞當、夏娃在伊甸園中，天生就註定享福。

凡人都要面對各式各樣的挑戰，忍受種種不同苦難，這是大家共有的命運，然而人類的靈魂可以提升超越這些。人類的精神，不斷的接受磨鍊，但卻永不氣餒。面對世界，面對現實，沒有幻想，也沒有自憐及藉口，這就是希臘人留給我們後世寶貴的遺產，這也是荷馬思想的精華所在。

後記：

本卷參考葛瑞芬（Jasper Griffin）及周作人等先生有關荷馬及希臘文學之著作並加入作者自己的觀點寫成，讀者如欲進一步瞭解相關資料可逕自閱讀原著。

卷第三：原典精選

羅青選譯

原典精選之一

《奧德塞》（卷十九：尤瑞可莉亞老眼識英雄）

Eurycleia Recognizes Odysseus

（本卷提要：泰勒馬可士把大廳中的武器全都搬走。奧德修斯與潘妮羅珮對話一場。老奶媽認出他的眞實身份，但却沒有聲張。其中插了一段獵殺野猪的故事。

衆人散去後，大廳上只剩下神武的奧德修斯
依照女神雅典娜的計策，他正盤算着
如何一舉殲滅所有的求親者。
他敏捷的對泰勒馬可士說道：

「泰勒馬可士，這屋裏的武器，一定要統統搬走，
一樣也不剩。假如那些求親者發現少了武器
向你追問原委，你須編一套動人的故事來哄騙
你可以說：我把武器搬開，以免日遭煙薰之害，
看這些武器在奥德修斯揚帆出征之初，
與現在簡直判若雲泥，掛在那裏這麼些年，
被煙火弄得不成樣子。同時，我也想到
——這一點倒是蠻重要的——人見了武器，
難免要技癢一試，尤其是在酒後失和之時，
動起武來，傷了彼此的身體，也傷了大家的和氣
掃了酒宴的興緻，壞了自己的身份。」
依照父親之言，泰勒馬可士立刻把老奶媽
叫到身邊說道：「好姆媽，請妳把女人家
全都趕回房中，好讓我把父親的武器

全部收藏入庫。這一套套的兵刃，都是精工打造的
自從父親揚帆離家後，我竟粗心大意
任他們在煙薰火烤之下，生銹失色。
只怪我當時年紀太小，太不懂事。可是
現在我已決定把這些兵器藏至煙火不到之處了。」
慈祥的老奶媽答道：「我的孩子，我可真高興
有這麼一天，看到你能夠衡量輕重，爲王室操心
照顧自家的產業！不過，告訴我
那個跟在你身旁掌燈的是誰？
這本來應是家中婢女應做之事，
可是你却偏偏不要她們。」
泰勒馬可士機警的答道：「他就是那個外鄉人，
凡是在我家飽餐麵包的，都要做點活兒，

卽使是遠客也不例外。」

那老媽媽本想多說幾句，見他如此回答，也就住了口，過去把內眷的大門關好。

奥德修斯和小王子則努力工作，忙着把大小頭盔，浮雕盾牌，尖槍長矛等等，統統收將起來。

女神雅典娜親自帶頭，手擎金燈一盞，在現場投下一環美麗的光圈。

看到這幅景象，泰勒馬可士禁不住驚呼出聲。

「爸爸！」他叫道：「我莫非看到了奇蹟？大廳的高牆窗格，松木橫樑，以及凌空直上的廊柱全都着了火一般的耀眼生輝；要不然，至少是看起來有這種感覺。我想一定有天神下凡到家中來了。」

「噓！」小心謹愼的奥德修斯說道：「知道就好，

不要張聲，也別多問。天上諸神自有其行事之道，
此其一端而已。快去上床睡覺吧！
讓我留在這裏探聽一下衆婢女及你母親的口氣。
你母親憂勞如此，見了我，一定會問東問西的。」
泰勒馬可士穿過大廳，回房就寢去了，
一路上有火把照亮通往寢室的道路，
他在那裏，如往常一般，一覺睡到大天亮。
奧德修斯再度一個人留在大廳之中，
在雅典娜的協助下，籌劃如何殲滅對手。

賢慧的潘妮羅珮，此刻從房中走了出來，
美麗可愛的她，望之如銀色的月神或金色的愛神；
在爐旁休息之處，衆婢女爲她備好座椅。
椅上鑲着象牙銀飾，乃巧匠愛克馬利亞絲所製，
椅子前端，有腳踏相連，

上面鋪着大塊羊皮。潘妮羅珮坐定之後，
從房中出來一隊白淨的女婢，開始清理剩菜殘餚，
把男人家縱飲做樂後所弄亂的杯盤桌椅，整理一番。
同時，將火盆裏的殘燼倒出，添上新柴，
架起燃燒，使大廳更形明亮而溫暖。

瑪蘭索抓住這個機會，又來辱罵奧德修斯了。
「哈！你還賴在這兒，」她大叫道，「難道想煩我們一夜不成，
整天在屋子裏到處亂走，跟女人家吊膀子吃豆腐！
快滾，你這個倒霉鬼，能白吃晚飯就已經很好了，
不然的話，叫人用火把趕將出去。」

智多星奧德修斯轉臉看她，皺了皺眉頭。
「我的好姑娘，」他說道：「爲什麼要如此跟我過不去呢？
我是身不由己，才落得如此衣衫襤褸，又髒又臭，

乞丐浪人似的，沿門乞食渡日，妳是爲此才看我不起？
假如真是如此，讓我告訴你，我以前
也是好命之人，家中富有，生活舒適，
遇到像我現在這樣的漂泊流浪之人，無不慨施援手，
不管他是什麼身份，要求爲何，都一視同仁。
我曾擁有從僕數百，生活極盡豪奢之能事，
過得像任何有錢的大爺一般。
但是大神宙斯，毫無疑問的，是爲了某些理由
才把我弄得一窮二白。所以啊，我的姑娘
自己言行謹愼小心一點吧，說不定有一天，
妳會失去眼前這豪華的宮室，被人逐出門外，
不是慘遭女主人打罵，就是遇到奧德修斯自海外歸來。
不錯，他還有回來的可能；假如他真的
一去不返，難再復生，他還有一個兒子——
托天之祐，精明一如乃父。妳們這些女流

所搞的花樣，全都逃不過泰勒馬可士的法眼。
他早已過了那種易拐易騙的年齡。」

潘妮羅珮聽到這些，立刻怒氣沖沖的
向那婢女走去，罵她是個大膽無恥的賤人。
「這下可沒寃枉妳」，她繼續數說道：「剛才妳做的好事
我全都聽見了，犯錯如此，非受重罰不可。
妳又不是不曉得——事實上妳親耳聽我提過——
在極度悲愁之下，我正想在家中問問這個外鄉人，
看看他有什麼關於夫君的消息。」
她回頭對老管家尤瑞諾米說道：
「快去搬一個靠背長櫈過來，舖上墊子
好讓我們的客人坐下，大家一起談談。
希望他能把有關他的種種，統統告訴我。」
……………………

（奧德修斯編造故事一段，並沒有
把自己的眞實身份透露——譯者刪節並註）

……………

「先生」，賢慧的皇后答道：「希望你所言皆眞！
假如你所言非虛，那就可與我爲友，從而
知道我待人是如何的寬厚，讓全世界的人
都欣羨你的好運。但我心中對未來的預感
却是大大的不同。我看不出奧德修斯有還家的可能，
也看不出你如何能啓航回家，因爲目前
此處無人治理，羣龍無首，沒有一個像
奧德修斯這樣的人來帶頭（假如世上有人能與他相比的話）：
以恰當之禮迎客，供舟車之需送客。
丫頭們，快快，給客人洗脚舖床
墊被，毯子，床單全都準備好，
讓他睡得暖和又舒服，一直到晨曦女神

登上她的寶座；早上第一件事就是安排他
入浴洗身，塗油抹膏，讓他覺得
神清氣爽，可以到大廳與泰勒馬可士共進早餐。
如果那些心術不正的「傢伙」，膽敢騷擾我們的客人，
那就該倒霉了，他繼承此地王位的機會
將完全消失，讓他儘管去發他的脾氣好了。
假如你在我家裏，衣衫破爛不整的入席用餐，
那你，先生，又怎麼能知道我是否真的比一般女流
要來得見多識廣，眼光超羣呢？
人生苦短易逝，卑吝之人從來不知待客之道，
生前讓世人憎惡，死後遭大家唾棄；
積善之人，心地正直，名聲因客人朋友而遠播，
在世永不乏人歌頌其德其行。」
「王后殿下，」小心謹慎的奧德修斯如是答道：

「我必須坦白說，自從我倉皇出奔，亡命海上，
揮別我克里特島白雪皚皚的鄉山以後，
便不再習慣睡臥在整齊的床褥之上了。
我要以我現今習慣的睡法來臥薪嚐膽，以示毋忘過去。
夜復一夜，我睡在簡陋的舖蓋上，等待
美妙的晨曦散播金色的光芒。
至於洗足之事，我也不太感興趣，除非
爲我洗的是年高德劭的老媽媽，與我一樣，
有豐富的人生經驗。假如有這樣的人選，
我便不再反對。」
賢慧的潘妮羅珮見狀答道：「我親愛的朋友——
我不得不誇你是敝府接待過的外國客人中
最明智的一位，談吐如此得體，進退這般得宜——
我家正有這麼一位老媽媽，爲人正直，忠心不二

她一手把我那多災多難的丈夫帶大，事實上，
連接生都是她親自動手的。她雖上了年紀，
久不爲此，不過我會要她爲你洗的。
來來，尤瑞可利亞，請爲這位與妳年齡相若的
貴客服務吧。不錯，毫無疑問的，現在，
奧德修斯的手脚，可能與我們客人的十分相像了，
人在苦難中，總是老得快些。」
聽了這些，那老媽媽掩面而泣，聲聲悲苦：
「唉，可憐的孩子，我是一點忙也幫你不上了！
你雖敬天畏神，却遭遇如此，一定是大神宙斯把你給
恨透了。你曾虔誠祈禱，希望富貴安樂以終老
兒子成長而爲王；爲此，你獻上了不少肥美的上肉，
珍貴的祭品，全都依慣例焚燒給雷神宙斯。
可是在衆人之中，他只有對你說：『你回不了家。』

我老是惦念着，想我那主人在異邦的土地上
飄流於高門大戶之間，受盡婦人的嘲笑，
就像你一樣，被眼前這羣浪蹄子嘲笑一般。
當你婉拒她們爲你洗脚時，我知道，你是爲
避免遭她們無禮的待遇，以及言語的羞侮。
好在我們賢明的王后，把這差事交給了我，
我是再高興也不過的了。爲了王后，也爲了你，
我是甘心情願爲人洗脚的。因爲你的遭遇，
令我同情。不過，有一件事我要說上一說，
請你好好聽著，以前我家也接待過不少流浪旅人，
可是從來沒有一個像你這樣，叫人如此強烈的想起
奥德修斯，你的聲音容貌，還有你那雙脚，
全都讓我回想起我的主人。」

「我的好婆婆，」奥德修斯機警的答道：「每一個

見過我的人，都如此說。就像妳銳利的目光一樣，
每一個人都說我們倆個簡直是像極了。」

老媽媽端來一只乾淨的洗脚盆，先倒涼水
再加熱水。奥德修斯本來坐在火爐邊，此時，
突然把身子轉向暗處，因爲他突然想到，
在洗的時候，她可能會發現脚上的那塊疤痕，
從而洩露了身份。果然，當尤瑞可利亞
湊到她主人面前，準備洗滌時，立刻
就認出了那塊疤。

多年前，奥德修斯過訪奥圖利克斯及他們一家兄弟，
被一隻野猪的獠牙所傷，留下疤痕一塊。
奥氏出身貴族，他的外祖父，是當時最負盛名的
妙手神偸與撞騙郎中。……

（以下數頁，荷馬專心描述奧德修斯被野猪所傷的經過。——譯者刪節並註）

……………………

在奧氏父子細心的照顧下，奧德修斯迅速復原帶着許多禮物，快快樂樂的回老家旖色佳去了。他的父親及慈母十分高興看到他回家，忙着問東問西，叫他敍述冒險的經過，特別是有關疤痕的這一段。於是奧德修斯便把他與奧氏兄弟如何到巴那斯山上去探險，如何在追逐野猪時，被其獠牙所傷的事，一一道來。

此刻，那老媽媽正以雙手撫摸此疤，她以感覺認出了此疤的形狀，驟的，主人的脚滑落出手，碰到脚盆，發出金屬的響聲，盆子翻倒水流滿地，悲喜交集之下，她雙眼充滿淚水；
百感齊發，喉爲之咽。她抬手摸着奧德修斯的面頰
說道：「一點不錯，你是奧德修斯，
我親愛的孩子，唉，你看看，我都認不出你來了，
一直到我親手服侍主人洗脚才恍然大悟。」

說着說着，她把眼睛望向潘妮羅珮的方向，
好像是告訴她說，她的丈夫此刻正在家中。
可是潘妮羅珮並未等着迎接她的目光，也沒有
看出其中消息。因爲女神雅典娜早已讓她分神他處。
就在此時，奧德修斯的右手已經伸了出去，
扼住了老媽媽的咽喉，並以另外一隻手把她拉了過來。

「奶媽，」他說道：「親手把我帶大的妳，想毀了我不成？
不錯，歷經艱險，十九年後，我終於回來了。

不過，不巧得很，竟讓妳看出了我的真面目，
妳可得守口如瓶，不許讓家中任何人知道。
要不然，我老實告訴妳——妳知道我說話
從不鬧着玩的——假如我的運道不差，
能把那些害相思病的公子哥兒們一舉殲滅，
我不會放過妳的，雖然妳是我的奶媽，
但如果背叛了我，一樣要與那些丫頭片子們一起處死。」

「我的孩子，」尤瑞可利亞知趣的答道：「你不必
跟我說這些。我的口風之緊，你還不曉得嗎？
我會如石似鐵，一字不漏。而且請千萬記住，
在你伺機把這些不知天高地厚的王公貴族們打倒後，
我會詳詳細細把宮中婦女的行爲
一一向你報告，以辨忠奸。」

「這有什麼用？」一向獨來獨往的奧德修斯說道：「我可不須要妳的幫助，我自己會注意記下誰忠誰奸。妳只要把今天之事完全守密，剩下來的，儘管交給天神去操心好了。」

……………………

（接下來奧德修斯與潘妮羅珮又相互交談了一會兒，論及做夢，頗多警句。然後，潘氏獨自回房，思念夫君，暗自飲泣。第十九卷終。）

註：括弧中的說明是譯者所擬，原文則省略未譯。

原典精選之二

《伊利亞德》（卷二十二：海克特之死）

THE DEATH OF HECTOR

（本卷題要：海克特不聽部屬之言，沒有即時撤軍回城，慘遭大敗。阿奇力士兵臨城下，海克特力戰而死，屍體被辱，父母悲傷欲絕，妻子痛不欲生。）

如受驚的鹿羣，特洛伊人迅速回城
將渾身的汗水擦乾後，依着厚實的城牆
飲水解渴。此刻，阿奇恩人正手執盾牌
在山坡上向城牆推進。然而命運女神
却心懷鬼胎，特意讓海克特動也不動的留在原地
在大城之外，在西安門前。

此刻，太陽神阿波羅正向派留斯之子阿奇力士顯身。
「閣下」，他問道：「你爲何緊追我不放？
你是凡人，我乃天神，假如你還沒有忙昏了的話，
你應該很清楚這一點。你這樣做豈不誤了
與特洛伊人打仗的正事？難道你沒發現
他們已回城固守，而你却在此亂追？
你永遠也殺不了我，我是死不近身的。」

飛毛腿阿奇力士怒不可止，大聲反駁神射手阿波羅
罵他是最愛搗鬼的天神。「你竟敢愚弄我！」他叫道：
「把我引離城牆，來到此處。若非如此，想想看
一定會有更多的特洛伊人委身黃土，永難回城！
你爲了救他們性命，害得我勝仗沒有打成，
這事對你來說，簡直輕而易舉，因爲你根本不必擔心
任何懲罰報復——假如我也有超人大能的話

我不回敬你一記才怪。」

言罷，阿奇力士憂心正事，對準城牆方向衝了過去……神態好像是在賽車，一頭領先，輕輕鬆鬆的一夾馬腹，衝到終點。老王普瑞姆是第一個看見他從戰場上衝將過來的人。他飛奔時，胸前銅盔閃亮，有如秋暮的明星，亮度超過其他衆星，人以啓明稱之。此星雖列衆星之冠，但却絕非吉祥佳兆，經常爲我們這些倒霉的人帶來種種災病。老王雙手擊頭，慘呼一聲，聲音中充滿了恐懼。他立刻叫喊頻頻，要愛子回防。而在城門之前，海克特早已站好位置，決心與阿奇力士決一死戰。

「海克特」，老王叫道，伸出雙手，狀至哀憐。

「求求你，我的愛兒，不要孤立無援的
與那廝對抗，你這是在他手下討打找死。
他比你強太多了，而且又野蠻無比。
假如諸神恨他像恨我這般，那他不久就要死於非命
慘遭野狗禿鷹分食。（這樣我就輕鬆愉快了！）
這廝把我家的好兒郎一個個都弄走了，殺的殺
賣的賣，賣到遙遠的海島上去當奴隸。
直到現在，我還有兩個兒子，遍尋不得，
在退回城中的守軍裏，也找尋不到。
兩個人一是萊孔一是波利多惹斯，都是勞希公主所生。
假如他倆被敵人活捉了，我將立刻以金、銅
將他們贖回，勞希公主嫁粧豐厚，她父親阿提斯
是位可敬的長者，送給她不少財寶賠嫁。
假如不幸他倆戰死，一命歸陰，孩子的親娘與我
又要多上一道悲痛，至於特洛伊城中的人們

倒不會爲此悲悼太久——除非連你也一起
死於阿奇力士之手。因此，我的乖兒子，
快快回城，做特洛伊及特洛伊人的救星吧；
不要虛擲自己寶貴的性命，讓派留斯的兒子
得勝而去。同時，也可憐可憐我吧，你可憐的
老父，以後要怎麼活下去。想想看，天神宙斯
將會爲我晚年安排怎樣的命運。在我死前，
我將親見慘絕人寰的事情，兒子們全被屠殺，
女兒慘遭凌辱，宮室閨房，洗刼一空。兇殘的敵人
把她們的嬰兒，摔死在地上；兒媳們都被
阿奇恩人用齷齪的雙手拖拉而去。最後，輪到了我，
死於銅劍之下，被敵人用長槍或長劍殺了，
屍首在自家門口，被貪婪的狗羣撕成四分五裂。
我自己親手在桌旁餵養訓練的看門狗，
被主人的鮮血弄得一陣錯亂，扒在屍首前，

呆呆的吐着舌頭。啊，年輕人戰死沙場，
渾身是傷躺在那裏，是很可一看的。死亡在他身上，
可說是無處不美。然而當老頭子戰死，
情況就不同了。野狗沾汚了他銀白的頭顱，灰白的長鬚，
就連私處也暴露了出來。此情此景，讓我們得以看清
人類墮落敗亡的極致。」

說到最後，普瑞姆雙手拔下自己銀灰卷曲的長髮
一根根的撕扯着，但却仍然無法搖動海克特的決心。
現在，輪到她母親痛哭失聲了。她拉開衣服，
以手托乳，淚流滿面的向他哀求。
「海克特，我的兒啊，」她哭道，「看在這個份上，
可憐可憐我吧。我以前常常以此給你餵奶，
搖你入睡！親愛的孩子，回想回想過去吧！
回到城中來與敵人對抗，不要出城去與那廝

單打獨鬭。他太野蠻了。你也不想想
如果他把你給殺了，我豈不要爲你
入殮哀泣，我最最親愛的孩子啊，還有你那
嫁粧豐厚的妻子，不也要戴孝號啕。而你，
躺在阿奇恩人的船艦之旁，
離開我們遠遠的，被羣狗吞食。」

如此這般，他們淚流滿面的向他們親愛的兒子祈求。
而凡此種種對海克特來說，全屬白費。
他堅守陣地，等那可怖的阿奇力士來找他。
像一條山蟒，誤吞了某種草藥，發狂似的
卷曲在洞窟之中，大膽的讓來人看着，
並回瞪以一種怨毒的眼神。
海克特堅毅不動的站着，在城牆的外壘之上，
手中的盾牌，在壘上閃閃發光。

然而，他並非毫無恐懼，暗自叫苦之餘，
他不斷以自己堅強的意志自勉。
他想到：「哎，我真是的，假如我退回城牆大門之內的話，
首先，波利達馬斯就會責怪我。
昨天晚上，阿奇力士突然又活過來似的披掛上陣，
殺得我們損失慘重。當時，我就沒有聽他之勸，
撤兵回城。我實在應該聽他的才對。
結果，因一己之固執而損兵折將，羞愧之餘，
叫我有何顏面去面對特洛伊城內的老弱婦孺。
我可受不了那些凡夫俗子說我：
『海克特就是太過自信而損兵折將。』
然而，他們一定會這樣說的。旣然如此，
我還不如與阿奇力士對抗一番，拼個你死我活，
要麼一擧得勝凱旋榮歸，要麼就光榮戰死在特洛伊前。（註）
當然，我也可以放下我那雕花的圓盾，沉重的盔甲

置槍靠牆，自做主張，與阿奇力士大王議和。
我也可以交出海倫，連人帶財一起奉還阿奇恩人，
巴瑞斯以艨艟巨艦所帶到特洛伊的，也一併奉上。
上述一切，都是這場阿奇恩戰爭的禍根。
此外，我還可以擔保，分我方財產的一半給敵方。
我能在會議中，說服同胞發誓，絕不藏私，
將我們大好城池中所有的動產均分成兩份。
可是，我爲什麼要往這條路上去想呢？
我怕我去與阿奇力士談條件時，
他會毫不容情的立刻把我殺了，
像殺個娘們一樣，手無寸鐵，全身赤裸。
不行，在這個節骨眼上，我無法想像
阿奇力士與我，會似幽會的情侶，相互擁吻，
情話喁喁，活像那些少男少女一般。
還是不要浪費時間，全力上陣一搏吧。

那時我們才知道，到底奧林匹克上的天神會幫誰得勝。

海克特正在忘我的東想西想之時，
阿奇力士忽的欺身而來，盔甲閃亮，有如戰神。
右臂揮舞着派利翁地方所製的白楊長矛
渾身銅片發光如火，好像初升的太陽。
海克特抬頭看見他，不免害怕發抖。
他再也無心固守戀戰，嚇得連忙離開城門，
奔逃而去。不過，派留斯之子阿奇力士，
仗着自己腿快，立刻像閃電一般追了上去。
他快似山鷹一隻，飛禽中速度最快的，
俯衝下去，捕捉那膽小的鴿子。他在後面緊追着
不時發出怪叫，幾次三番上下衝刺，賣弄武功，
志在必得。阿奇力士一馬當先，直追上去。而海克特，
則像一隻在敵人前面飛逃的鴿子，繞着特洛伊的城牆，

在阿奇力士之前狂奔着。越過瞭望台，
越過風中的無花果樹，他們與城牆根保持距離，
順着車轍，一路跑到兩條景色幽美的泉水之間。
這兩道水乃是斯卡曼德河的上游；一道泉熱，
蒸氣四散，有如大火逼人；另一則冷，卽使在夏季，
也冒出冷如冰雹白雪的泉水，那水有如凝冰。
兩水之旁，有石糟水道，特洛伊的太太婦女們，
在阿奇恩人來犯之前，常在此地浣洗衣裳。
他們越過此處追逐而去，海克特在前，阿奇力士在後，
前面跑的固然是人中豪傑，後面追的更是神勇非凡。
他們火速奔馳，這場競賽真非比尋常，
得勝的獎品，旣非祭殺的牛羊，亦非皮製盾牌，
而是馴馬能手海克特的頂上人頭。
他們倆人在老王普瑞姆的城池之外，追繞了三圈，
脚程快速，有如雄壯的賽馬，飛也似的繞過折返點。

在勇士死亡大賽之中，大家全力向前
爲贏得獎杯或美女而拼命。

上天諸神，靜靜一旁觀戰，
直到人神之天父回過頭來對大家嘆息道：
「對眼前這被追得繞特洛伊城牆而奔的人，
我心中寄予無限同情。我爲海克特悲。
他曾焚祭過不少牛腿供奉給我，或在崎嶇的愛達山上，
或在特洛伊的高城巨塔之間。可是如今
神勇的阿奇力士却正繞着普瑞姆的城池，
全速追他趕他。衆天神們，大家動動腦筋吧，
幫我決定到底該救此人一命呢，還是讓這勇士，
就在今天死於派留斯之子阿奇力士之手。」
美目盼兮的雅典娜高聲道：「父王！」

「你在說些什麼呀？你，閃電之神，烏雲之王，
難道想要幫一個命中早就註定該絕的凡人，
逃過慘死不成？若果真如此，那就放手去做吧！
不過，可別想我們會爲你鼓掌喝采。」
「弄清楚點，崔娥娘娘，我的女兒」興雲大神宙斯說道：
「我並非真的有意要饒他一命，我說這話，
對妳完全是善意的，妳覺得怎麼做適當，
就放手去做吧！」心中癢癢躍躍欲試的雅典娜
受了宙斯的鼓勵，飛也似的下了奥林柏斯山。
此刻，飛毛腿阿奇力士正努力不懈的繼續追着
海克特。像一隻獵犬，把一隻小鹿自山中的巢穴
驚起後，便開始穿山出谷穿林出澤的追獵，
當小鹿躲入樹叢時，他立刻跟上，一路追蹤氣味，

找尋線索，海克特的種種狡計疑陣，皆一一被
阿奇力士嗅出。不止一次，海克特一個箭步跑到
達達尼恩門旁，滑進牆根邊，希望
城上的亂箭能阻追兵，救他一命。
可是阿奇力士老是跑在內圈，每次海氏想竄向城牆時，
便被攔住，被趕向空曠的田野。饒是如此，
阿奇力士還是追他不上，而海克特也甩他不掉。
有如惡夢中的追逐，任何人，不管是追的還是跑的，
都無法動上一動。看官可能會問，
當死亡就在脚後跟時，海克特怎麼跑得動？
他之所以能够如此，全靠了阿波羅的幫忙。
不過，這也是最後一次了。他因而得以振奮精神，
加快脚步。還有一事，值得一提，
那就是阿奇力士搖頭示意部下，叫他們不可
隨意射殺他的「線索」，怕他們搶先一步，

一箭射死海克特，暴得大名。
然而，當他們四度追跑到河邊的時候，
天父宙斯高高擧起了他手中的天平，在兩端的
秤盤上，放下死刑判決，一邊歸阿奇力士，
另一歸馴馬能手海克特。他用手擧起天平中間的平衡桿
桿子斜向海克特那一邊，預示了他的死亡。
他現在是必死無疑了，太陽神阿波羅放棄了他。
美目女神雅典娜走向阿奇力士，鄭重向他說道：
「名揚四海的阿奇力士，宙斯的愛將，
我們有可能爲阿軍贏得光榮勝利，凱旋回船。
海克特一定會死戰不屈，但我倆一定能把他給殺了，
他現在已無路可逃。不管神射手阿波羅如何運用手段，
匍匐在身着金楯的宙斯脚下求情，都沒有用。
你站在這裏等着，先喘一口氣，
待我去說服海克特來與你決一雌雄。」

阿奇力士聞言大喜，依計行事。
他站在那裏靠着他的銅頭長矛略事休息。
雅典娜則從他那裏，一逕走到海克特處向他招呼。
爲了方便起見，她假扮成戴浮柏斯，音容俱肖，
並以她那張快嘴向海克特說：「我親愛的大哥，
那飛毛腿阿奇力士一定把你給累壞了，
用那麼快的速度追着你繞城而跑。讓我們
在此固守，與他面對面的打一場好了。」

盔甲閃亮的神勇海克特說道：「戴浮柏斯，
父母所生下的兄弟姐妹中，我最喜歡的就是你。
今後，我對你又多了一份敬重，因爲
你是如此的英勇，見我遭難，便奮不顧身的
跑出重重的城牆來相助，而其他人却待在城中不動。」

「親愛的哥哥」美目盼兮的雅典娜答道：
「老實告訴你，爹娘倆人曾一起輪番勸我求我
要我留下。我的手下也站在一旁隨聲附和——
他們都怕阿奇力士，怕得要死。但我却爲你
憂心焦急，苦痛不堪。讓我們放膽向他殺去，
來個大方痛快的箭雨槍林，便可馬上知道，到底是
阿奇力士把我們雙雙殺死，捧着你我帶血的甲冑
凱旋回船，還是他喪生在你的槍矛之下。」
於是雅典娜的詭計成功，帶着他向前衝去。
海克特與阿奇力士終於碰上了。
盔明閃亮身體雄偉的海克特首先發話：
「阿奇力士閣下，你已繞着老王普瑞姆的城池追了我三圈，
我不敢稍停片刻讓你近身。不過現在，

我不再跑了。我已決定要一對一的與你決戰，
不是你死就是我亡。首先，讓我們來個協定——
你以你的守護神做見證，我以我的——他們是最佳保人。
假如宙斯讓我不倒，把你殺了，我答應不循例，
汚辱你的屍體，只把你那耀眼的盔甲剝下卽可。
然後，把遺體運還給阿奇恩人。
要是你，你也會如此對我？
飛毛腿阿奇力士陰森的看了他一眼答道：
「海克特，你簡直是喪心病狂，居然敢跟我談條件。
獅子不會與人打交道，狼也不會與羊看對了眼——
他們彼此是死敵，我倆亦復如此，
根本不可能互攀交情，也毫無講和的餘地，
非要戰個你死我活，飽飲戰神之血不可。
所以，趕快拿出你所有的勇氣，這是你表現

膽量與標槍武藝的時候了。
當雅典娜等着用我的長槍來刺殺你時，
任誰也救不了你。當初你用長矛射殺我的同伴無數，
陷我於痛苦之中，現在是你償還血債的時候了。」
話一說完，阿奇力士擺好姿勢，擲出他粗重的槍矛。
然而，威名赫赫的海克特，眼明手快，閃躲了開。
他雙眼盯牢射來的長矛，一彎腰，長矛越過頭頂，
插入土中。但雅典娜又將之拾撿了回來，交給阿奇力士。
大將海克特，並沒有看到這一幕，他高聲向那
舉世無雙的派留斯之子叫道：「神勇的阿奇力士
居然一擊不中！好像是宙斯把我的死期跟你講錯了。
你也未免也太過自大自信。剛才你伶牙利齒賣弄口舌——
想要嚇我，讓我喪膽失神，無力應戰。雖然如此，

我可不會被你嚇跑，也不會被標槍射中。
在我衝鋒之時，你若找到機會，儘管當胸刺來好了。
不過，你得先躲過我這一槍再說。上天保佑，
希望這一槍能夠入肉穿腸！假如你，我們最大的禍害，
一除，那戰爭對特洛伊人來說便是輕鬆愉快之事了。」

話聲甫落，他掄起長矛便扔，準確無比，
射中了阿奇力士的盾牌，不過矛頭却彈了回來。
海克特心中惱怒，如此漂亮的一擊却一無所獲。
他呆立原地，不知所措，因爲手上並無第二根長矛可用。
他向盾牌閃亮的戴浮柏斯大叫，要他拿長矛來。
但戴浮柏斯却不在身邊。海克特搞清楚怎麼回事後，
喊道：「天哪，諸神果真要我送死！我還以爲
那可敬的戴浮柏斯在我身邊，哪想到他已回城，
這都是受了雅典娜的愚弄。死期不遠，近在眼前，

再也逃不掉了。宙斯和他那箭神的兒子，
雖然一直好心幫我助我，但結果早就如此決定了。
所以，現在我只好認命。旣是賣命，至少也要賣個高價，
不要死得太不光彩，先大戰一場再壯烈陣亡，
也好讓後世傳誦一番。」

懸在海克特腰旁的，是一把又重又利的長劍。
他拔將出來，奮勇上前，快得像高飛之鷹——
從一團烏雲中向大地俯衝，捉拿柔順的綿羊或跳奔的野兎。
如此這般，海克特揮舞利劍，衝了過去。
阿奇力士一躍而起，迎上前來，怒火中燒，狂野非常。
他以雕花盾牌護住前方，頭盔閃閃，發出金光，
盔下四片護頭起落搖幌。他頭顱一動，
冠上的華麗金羽就跳躍顫抖，此乃火神海費事得事
特別花費工夫替他打造，光華四射，

有如天上最可愛的珠寶——黃昏星，當夜幕低垂時，
與其他衆星一起出現。他右手執矛，保持平衡，
矛尖閃閃發亮，雙眼在海克特身上搜尋，
準備找一處最合適的地方，刺去奪他性命。

阿奇力士看到海克特全身披掛的精美青銅盔甲，
正是他從好友佩脫克拉斯身上剝下來的。
如要下手，只好選咽喉的部位，那裏剛好敞開，
鎖骨從雙肩到喉頭，最是致命之地。
海克特衝殺過來，阿奇力士把矛頭對準那個部位刺去，
槍尖刺中了脖子，穿過海克特的肌膚，
不過，那又重又利的青銅矛頭，並沒有割斷他的氣管。
因此，他倒地之後，還能張口向贏者發話。
神勇的阿奇力士乘勝把他踩在脚下。「海克特」，他說：
「難怪你視殺佩脫克拉斯爲等閒之事，

你根本就沒有想到我，因爲我離戰場太遠了。
當時你真是太傻，你不知道，在那排排艨艟巨艦之中，
有一個比佩脫克拉斯要強上許多的人還沒有出動，
那就是現在把你踩在脚下的人。
此刻，在阿奇恩人爲佩脫克拉斯舉行葬禮之際，
也就是野狗禿鷹咬扯撕裂糟蹋你屍首之時。」

「我求求你，」盔甲閃亮的海克特，聲音微弱的說道：
「在您尊前，看在你自己及你父母的份上，
不要把我的屍體丟給野狗。我的父母親
會奉上重金相酬。放我的遺體回家吧，
這樣特洛伊的男女老幼，便可升起祭火悼念我的死難。」
阿奇力士對他皺眉道：「你這個狗雜種，
不要拿這些『尊前』或『父母』之類祈求之辭來對我說。

我真希望我能有胃口來親自切割大嚼，把你生生吃了，
方才消我心頭之恨。不過有一點是可以確定的，
那就是無人能免你於野狗之災，卽使是特洛伊人
前來奉上十倍二十倍的贖金，外加允諾許多別的貢品，
卽使是老王普瑞姆要他們用黃金一斤一兩的把你贖回，
全都白費，你老母休想把你放在靈架之上，
祭悼她親生的兒子，野狗禿鷹會把你吃光的。」

在臨死之前，盔甲閃亮的海克特又對他說了下面這番話：
「我真是把你給看透了，你腦中想什麼我全都知道！
你的心硬如鐵，我是浪費口舌。不過，
在殺我之前，請你停下來想一想，萬一以後，
憤怒的諸神憶起你對付我的手段，在你的末日到時，
也如法泡製，使耀武揚威的你，被巴瑞斯及阿波羅
擊斃在西安門前。」

死亡打斷了海克特，他的靈魂脫離肉體，
飛向閻羅地府，悲嘆自己的命運——青年，壯年，
全都永遠不再。阿奇力士大王又向他發話了，
雖然他已死去多時。「死吧！」他說：
「至於我的末日，留着由宙斯與其他不朽的衆神去決定。」

然後，他把銅矛自屍體中拔出，放在地上。
當他正在拔出長矛時，許多阿奇恩戰士都跑來圍觀。
他們驚見高大無比的海克特是如此神武英俊。
圍觀的戰士每人都走上前去，殺他一刀，
大家都看着自己的朋友，然後在屍首上刺了一下。
一個小丑走了一圈說道：「海克特現在，比他當初
火燒戰船時，要容易對付多了。」

把海克特全身剝光以後，神武又快捷的阿奇力士，
站起來向阿奇恩人講話：「我親愛的朋友們，
阿奇孚的將領與軍師們，現在天上諸神已經助我們
把這廝給除掉了。他一夫當關，萬夫莫敵，
使我方損失慘重。現在，讓我們全副武裝繞城偵察一番，
看看特洛伊人下一步的行動爲何？
如今，他們的戰鬪英雄已死，剩下的會不會棄城而逃，
或者，他們已下定決心，卽使沒有海克特也要死守。
不過，我到底在說些什麽呀？那永別了的佩脫克拉斯，
仍然躺在船艙之中，沒有下葬也無人哭悼。
只要我活着一天，我親愛的戰友。我就忘不了他，
我會記着他，一直到陰間地府，連死者都相互忘懷的時候。
來吧阿奇恩的勇士們，讓我們回到大船之上，
抬着這具屍體，唱着勝利的軍歌：「我們已經贏得
偉大的榮耀，我們殺了高貴的海克特，

在特洛伊，人們敬他有如天神。」
阿奇力士所做的第二件事便是拿這戰死王子的遺體出氣。
他割開他足踝的筋脈，穿之以皮繩，
繫在戰車上，脚上頭下，在土中拖著。然後，跳上車，
把那副有名的盔甲擧起，揮鞭驅馬，
飛也似的向前奔了過去。海克特拖在車後，
揚起一陣塵土，他黑色的鬈髮披散兩旁，
俊美的頭顱裏滿沙土，這回宙斯讓他的敵人
在他自己的國土上，肆意汚辱他的屍體。
如此這般，海克特的頭在石土中翻滾着。
他母親看到他們如此對待愛子，放聲痛哭，
扯下了閃亮的頭巾丟在一旁，撕着自己的頭髮；
他父親在一旁痛苦的呻吟着。羣衆圍着兩人，
亦哀哀而泣，全城都陷入一片絕望之中。

卽使特洛伊全城著火，從高聳的尖塔燒到低窄的街道，
他們也不會哭得如此悲慘。在恐懼之中，
老王走向達旦門，非要出城不可。
衆人費了好大事才把他攔住，他趴在糞堆裏，
向大家哀求，叫着每一個人的名字。
「朋友們，不要管我」，他說道：「你們過份關心我了。
讓我獨自出城，到阿奇恩人的船艦營地，
去向那個毫無人性的怪物求情，
他說不定會尊敬我老人家，動了惻隱之心。
無論如何，他自己也有個像我這樣年紀的父親，派留斯，
他把他拉拔長大，變成了特洛伊人的災難。
而其中，以我受害最大，我的兒子一個個
都在英年之時遭他殺害，我爲他們哀傷哭泣。
然而現在這一回，是最最令我悲傷的一次，
如此錐心的苦痛，叫我不死也難。海克特呀！

假如他能死在我懷裏，那我們就可哭個夠嘆個夠，
我和那在痛苦之中把他生到這個世界來的母親，
便可盡情的哀悼。」
普瑞姆老淚縱橫。特洛伊的城民也一起哀泣。
此刻，赫枯巴領着一羣特洛伊婦人在那裏深沉的哀悼，
「我的兒啊！」她哭道：「啊，我是多麼的悲慘！
你已去了，爲何還留我在此活着受苦？
在特洛伊，日日夜夜，我都以你爲傲，
對城中的男女老幼來說，你是他們的救星，
他們對你像對天神一般。一點不錯，你活着時候，
是他們全體的榮耀。可是現在，死亡與命運把你帶走了。」
如此這般，赫枯巴悲傷哭泣。
但是海克特的太太還沒有聽到此一消息。

事實上，甚至沒人告訴她丈夫獨自留守城外的事。
於巨宅深院之一角，她正在忙做家事，
在一雙幅紫色網巾上，描着花卉圖案。
毫不知情的，她剛才還叫女侍進屋，備大盆，燒熱水，
以便海克特從戰場上回來後，可洗個熱水澡——
她做夢也沒有想到，他已經死在阿奇力士與雅典娜的手中，
什麼澡也不能洗了。
不過，現在陣陣哭喪哀悼之聲，已從城垛處傳到耳中，
全身一震，梭子鏗然落地。
她把侍女叫了回來：「跟我來，妳們倆個，
我非得探個究竟不可，我聽出來那哭聲是我婆婆的。
此刻我真是心跳在嘴，寸步難移。
一定是有可怕之事落到我們普瑞姆家來了。
上天佑我，不要被此噩耗擊倒。
可是，我真怕那神勇的阿奇力士已在城外，

追上了我那英武的丈夫，把他逼到城外空曠無援之地。
哎，說不定他已把那倔強高傲又衝動的海克特，
給殺死了。因爲海克特永遠不會退縮殿後，
永遠一馬當先，英勇無比，無人能及。」

言罷，安拙瑪琦懷着一顆忐忑的心，像瘋婦一般
衝出家門，衆婢女隨侍在後，
來到城下人羣聚集之處，她爬上城垛，
縱目四野，看到他們在城前拖着丈夫的屍首——
馬匹肥壯，步伐從容，拉着他向阿奇恩人的戰艦走去。
安拙瑪琦但覺眼前的世界一黑，黑如暗夜。
她失去知覺，暈倒在地，亮麗的頭飾全都從頭上
掉了下來，有金冠，有軟帽，有百褶髮帶，
還有那透明的面紗。那面紗是阿富羅黛蒂在他們
結婚時所贈。當時，盔甲閃亮的海克特奉上

皇家大婚的貴重聘禮，把她從衣申家族中迎娶過來。
此刻她躺在那裏，昏死過去，姑嫂們圍攏上前，
把她扶起。過了一會兒，她清醒過來，恢復神志，
放聲號啕，向特洛伊的婦女們哀哀哭訴。

「天啊，海克特；爲我悲悼吧！」她泣道。
「原來你我皆屬於苦命的星座，你生在這普瑞姆之家，
我則生於西北，於普拉卡斯山林之下，於衣申家族之中。
在那裏我長大成人，運蹇的父親生下加倍命乖的兒女。
我現在真希望當時沒出生就好了。
因爲妳已走上黃泉之路，走入地下那不可知的世界，
留下我一個人在此受苦，在你們家中活活守寡。
兒子還只不過是個嬰孩，他是你我所生，
你我這苦命的父母所生。你，海克特，
一撒手，就再也不能疼愛他了。他也不能承歡膝下，

卽使他能够逃過這場恐怖的阿奇恩戰爭，
未來仍然充滿了艱苦災難：
無依的孤兒，家業全將被外人覇佔侵吞，
根本找不到玩伴。他整日垂眉低眼以淚洗面，
爲了生活，不得不在父執輩的聚會中穿梭愰盪，
替這個人掛斗篷，爲那個人脫上衣，
直到人家發了慈悲，把酒杯傳來給他喝上一口，
僅僅淺嚐一下而已，剛够沾唇，無從品味。
然後，來了一個父母雙全的小孩，
把他狠狠揍了一頓，趕出宴會，肆意辱罵一番。
「滾開！」他叫道，「你也沒有爸爸在這裏吃酒！」
如此這般，那孩子哭着跑回去找他的寡母——
小愛斯丁耐克斯，往常老是坐在父親膝上，
非骨髓羊脂不吃，玩得累了、睏了，
便由奶媽輕搖小床入睡，臉上掛着滿足的微笑。

現在，父親死了，小愛斯丁耐克斯要多災多難了。
特洛伊人稱你爲「特洛伊的救星」，把你當做
高牆大門之外的另一道護衞。而你，在如喙的船首間，
遠離父母，赤裸的躺在那裏，慘遭野狗蛆蟲吞食，
家中空有婦女巧手所製的各種錦衣華服。這些東西，
我都要付之一炬，反正你也用不着了，
永遠也不會再穿了。不過，特洛伊的男女老少，
都將向你致最後的敬禮。」
就這樣，安拙瑪琦淚流滿面的哀訴着，
一旁的婦女們也跟着在周圍悲泣。

註：「依利亞德」卷二十二的譯文是根據拉帝摩（Richmond Lattimore）的分行譯本爲主（芝加哥大學出版社，一九五一），並參考費滋傑羅（Robert Fitzgerald）的分行譯本（紐約雙日，一九七二），瑞奧（E. V. Rieu）的散文譯本（倫敦企鵝，一九五〇）。「奧德塞」卷十九的譯文是依據費滋傑羅的分行譯本爲主（紐約雙日，一九六一）並參

考拉帝摩的分行譯本（芝加哥大學出版社，一九六七），瑞奧的散文譯本（企鵝，一九四六）。又，頁一五一—一五二海克特的自我告白與頁二五四原典精選中的譯文，因版本不同，故分行之文句，有些差異，請讀者自行參照閱讀。

卷第四：推薦書目

一、中文部份

①林琴南·嚴璩合譯《伊索寓言》上海，商務印書館，一九〇二年。
②周作人：《自已的園地》，北京，晨報館，民國十三年。
③周作人：《雨天的書》，北京，北新書局，民國十四年。
④周作人：《陀螺》（譯詩集），北京，新潮社，民國十四年。
⑤周作人：《談龍集》，上海，開明書店，民國十五年。
⑥周作人：《談虎集》，北京，北新書局，民國十六年。
⑦周作人：《永日集》北京，北新書局，民國十八年。
⑧周作人：《看雲集》，上海，開明書店，民國二十一年。
⑨鄭振鐸：《世界文學大綱》上海，商務印書館，民國十五年。又有香港文學研究社修訂本，香港文學研究社，民國四十六年。
⑩王希和編《荷馬》，上海，商務印書館，民國十三年。
⑪李金髮譯：《古希臘戀歌》，（P. Louis 貝爾·魯易原譯：Les Chanson De Helleniste），上海，開明書店，民國十七年。

⑫謝六逸編譯：《伊里亞特的故事》(Iliad Retold)，上海，開明書店，民國十七年。

⑬徐遲試譯：《依利阿德選譯》，重慶，美學書局，民國十八年。

⑭傅東華譯：《奧德賽》，上海，商務印書館，民國二十二年。

⑮傅東華譯：《依利亞特》，上海，商務印書館，民國二十二年。

⑯高歌譯：《奧特賽》，上海，中華書局，民國二十四年。

⑰高歌譯：《依利亞特》，上海，中華書局，民國二十四年。

⑱朱維基譯：《伊利亞特》，上海，現代書局，民國二十九年。

⑲何魯之：《希臘史》，臺北，商務印書館，民國五十六年。

⑳《世界文明史》第三册《古代希臘》，臺北，地球出版社，民國六十六年。

㉑威爾・杜蘭原著：《世界文明史》：第二册《希臘的興起》，第三册《希臘的黃金時代》，第四册《希臘的衰落》，臺北，幼獅書店，民國六十三年。

㉒E. W. 堅森著，曾堉・王寶連譯，《西洋藝術史——古代藝術》，臺北，幼獅書店，民國六十九年。

二、英文部份

Arnold, Matthew. *On Translating Homer*, London : Kontledge, 1802.

Bryant, W.C. *The Iliad*, Boston:Houghton, Mifflin & Co., 1940.

Butler, Samuel. *Authoress of Odyssey*, London : Jonathan Cape, 1950.

Butler, Samuel. *The Humour of Homer*, London: Jonathan Cape, 1954.

Butler, Samuel. *The Odyssey*, London: Jonathan Cape, 1958.

Campbell, Joseph. *The Hero With a Thousand faces*. Abacus 1975.

Chapman, George. *The Iliad*, London: Dent, 1930.

Chapman, George. *The Odyssey*, London: Dent, 1930.

Finley, Sir Moses. *The World of Odyssey*, second edition, London, 1977.

Fränkel, H. *Early Greek Poetry and Philosophy*, translated by Hade and Willis, Oxford, 1975.

Frazer, Sir J. G. *The Golden Bough*, *Obridged edition*. Macmillan, 1922. and Subseguent reprints.

Glandston, W.E. *Studies on Homer and the Homeric Age*, London: Oxford University Press, 1892.

Glandston, W.Ξ. *Homeric Synchronism; an Enquiry into Time and Place of Homer*, London: Macmillan, 1876.

Glandston, W.E. *Landmarks of Homer Study*, London: Macmillan, 1890.

Griffin, J. *Homer on Life and Death*, Oxford, 1980.

Kirk, G.S. *The Songs of Homer*, Cambridge, 1962.

Lang, Andrew. *Homer and His Age*, New York: Longmans, 1940.

Lang, Andrew. *Homer and the Epic*, New York: Longmans, 1934.

Lang, Andrew. *The World of Homer*, New York: Longmans, 1937.

Lang, Andrew. Walter Leaf, Ernest Myers, S.H. Butcher. trans. *The Complete Works of Homer*: *The Iliad and the Odyssey*, New York, The Modern Library, 1950.

Leaf, Walter.*Homer and History*, London: Macmillan, 1950.

Leaf, Walter. *Troy, A Study in Homeric Geography*, London: Macmillan, 1952

Lindsay. Jack. *Helen of Troy*. *Constable*, 1974.

Lloyd-Jones, *H. The Justice of Zeus*, Berkeley, 1971.

Murray, G. *The Rise of the Greek Epic*, fourth edition Oxford, 1934.

Nilsson, M. P. *Mycenean Origin of Greek Mythology*. Cambridge University Press, 1932; Oldbourne, 1964.

Otto, W.F. *The Homeric Gods*, translated by Hades, London, 1954.

Page, Denys, *Folktales in Homeŕs Odyssey*. Harvard Uŕivenity Press, 1978.

Pope, Alexander *The Iliad*, London: George Bell, 1960.

Pope, Alexander. *The Odyssey*, London: George Bell, 1960.

Pinsent, John. *Greek Mythology*, England: The Hamlyn Publishing Group Limited, 1984.

Rieu, E.V. *The Iliad*, London:Pehguin, 1950.

Rieu, E.V. *The Odyssey*, London, 1946.

Senior, M. *Greece and its Myths* Gollancz, 1978.

Simpson, M. *Gods and Heroes of The Greeks*. University of Massachusetts, 1976.

Weil, Simone. "*The Iliad*, Poem of Might" *in Intimation of Christianity Among the Ancient Greek* edited and translated by E.C. Geissbuhler, London, 1957.

Woodward, J. M. *Perseus: a Study in Greek Art and Legend*. Cambridge University Press, 1937.

Zimmerman, J.E. *Dictionary of Classical Mythology*, New York: Harper & Row, 1964.

中外名詞對照表

二畫

丁尼生 Tennyson 74

三畫

大拿恩人 Danaans 78

四畫

巴洛克風格 baroque 111
巴瑞斯 Paris 76
尤米阿斯 Eumaeus 165
尤瑞可莉亞 Eurycleia 129
尤瑞落翅斯 Eurylochus 188

五畫

布車 Butcher, S. H. 75
布蕊西絲 Briseis 199
加力騷 Calypso 80
卡山撒基斯 Kazantzakis, Nikos 74
可瑞歐蘭那斯 Coriolanus 152
古哈蘭 Cúchulainn 97
甘尼米地 Ganymede 113
尼布龍根之歌 Nibelunglied 91
皮瑞福來格松 Pyriphlegethon 216

六畫

伊尼亞德 Aeneid 74
伊利亞德 Iliad 73
伊達山 Ida 131
安朱艮 Lang, Andrew. 75
安那托利亞 Anatolia 86
安拙瑪琦 Andromache 121
安提洛可士 Antilochus 212
色比德 Thebiad 98
色比斯 Thebes 91
色邊人 Thebans 89
色喜 Circe 161
色蒂絲 Thetis 78

地米特 Demeter 91
多利安人 Dorian 87
米力革 Meleager 102
米西亞的 Mysian 116
米爾頓 Milton, John. 74
西尼卡 Seneca 145

七畫

希泰第古國 Hittites 86
希羅多德斯 Herodotus 147
貝奧武夫 Beowulf 84
克隆那斯 Cronos 86
克莉西施 Chryseis 128
克萊特母妮絲屈 Clytemnestra 128
但丁 Dante 74
弟莫多克斯 Demodocus 100
利西恩人 Lycians 91
利浮 Leaf 75
李維 Livy, Titus 148
吸拉 Scylla 179

八畫

阿加曼儂 Agamemnon 77
阿革斯（老狗） Argus 191
阿西諾斯 Acinous 161
阿屈阿斯 Atreus 177
阿奇乎人 Argives 78
阿奇恩人 Achaean 78
阿哈布王 Ahab 131
阿哲克斯 Ajax 78
阿鈎斯 Argos 99
阿鈎那人 Argonauts 99
阿普利亞斯 Apuleius 197
阿富羅黛蒂 Aphradite 77
阿瑞提 Arete 200
阿爾斯特 Ulster 105
依西歐披 Ethiops 99
依歐樂斯 Aeolus 172

艾拉麥玆人 Elamites 120
林求斯 Lynceus 99
萊孔 Lycaon 141
奈斯特 Nestor 78
佩脫克拉斯 Patroclus 78
佩脫尼亞斯 Petronius 197
佩瑞 Parry, Milman 96
帕勒殿 Palladium 99
波普 Pope, Alexander. 95
波賽風妮 Persephone 90
波賽登 Poseidon 173
皮西士屈特斯 Pisistratus 15
味吉爾 Virgil 74

九畫

迦南泰諸國 Cannanite 86
查龍 Charon 217
哀瑞絲 Eris 38
美爾斯 Myers 75
美錫尼王國 Mycenae 77
派洛斯 Pylos 159
派留斯 Peleus 78
哈辛 Racine 92
修西的底斯 Thucydides 147

十畫

海克特 Hector 78
海費事得事 Hephaestus 112
索福克里斯 Sophocles 75
泰西塔斯 Tacitus 148
泰恩英雄傳奇 Tain 97
泰勒馬可士 Telemachus 81
特洛伊城 Troy 76
特巒城 Tiryns 88
烏耳城 Ur 120
烏拉那斯 Uranus 86
烏迦瑞 Ugarit 86

十一畫

掐銳不敵斯大漩渦 Charybdis 179
帶阿米弟 Diomedes 78
曼尼勒斯 Menelaus, Achaean 77
麥倫西阿斯 Melanthius 173
敍利亞 Syria 86

十二畫

雅典娜 Athena 77
雅瑪松 Amazons 99
傅萊 Frye, Northrop. 149
黑地司 Hades 133
喬艾斯 Joyce, James. 74
普桑 Poussin 89
普瑞姆 Priam 79
普魯斯特 Proust, Marcel 223
斯巴達 Sparta 76
提底阿斯 Tytyus 219
提善 Titian 89
提瑞西阿斯 Tiresias 189
壹急色斯 Aegisthus 169

十三畫

愛耳潘諾 Elpenor 189
愛希斯與葛拉蒂亞 Acis and Golatea 89
愛阿瑞絲 Iris 138
愛瑞斯 Ares 112
塞倫 Sirens 81
塞苦勞撲 Cyclops 81
塞普路斯 Cyprus 174
達文西 Leonardo 89
奧林帕斯山 Olympus 174
奧林匹安衆神 Olympians 31
奧菲斯 Orpheus 99
奧維德 Ovid 110
奧德修斯 Odysseus 78
奧德塞 Odyssey 73

瑞奧 Rieu, E. V. 75
催斯 Thrace 116
瑟斯提斯 Thersites 185

十四畫

赫枯巴 Hecuba 198
赫米思 Hermes 180
赫拉 Hera 77
赫瑞克力斯 Heracles 162
旖色佳 Ithaca 80
寧該兒 Ningal 120
非利士人 Philistines 149
菲利提阿斯 Philaetius 173
菲阿先人 Phaeacians 81
腓尼基人 Phoenicians 193
維娜斯與阿多尼斯 Venus and Adonis 89

十五畫

葛來斯東 Gladstone, W. E. 73
葛蘭威爾 Granville 146
潘妮羅珮 Penelope 80
撒比頓 Sarpedon 115
撒提瑞康 Satyricon 197

十六畫

賴爾提斯 Laertes 164
默米頓族 Myrmidons 91
諾西卡公主 Nausicaa 191

十七畫

繆斯 Muse 83
龍撒伐玆村 Roncesvalles 152
戴落斯 Delos 206

十九畫

羅蘭之歌 Song of Roland 152

二十三畫

變形記 Metamorphoses 110

國立中央圖書館出版品預行編目資料

荷馬史詩研究：詩魂貫古今／羅　青著.--修訂版,-- 臺北市：臺灣學生，民83
面；　公分.
ISBN 957-15-0592-7（精裝）
ISBN 957-15-0593-5（平裝）.

871.31　　83001015

荷馬史詩研究（全一冊）

著作者：羅　青
出版者：臺灣學生書局
發行人：丁文治
發行所：台灣學生書局
臺北市和平東路一段一九八號
郵政劃撥帳號〇〇〇二四六六八號
電話：三六三四一五六
FAX：三六三六三三四
本書局登記證字號：行政院新聞局局版臺業字第一一〇〇號
印刷所：常新印刷有限公司
地址：板橋市翠華街八巷一三號
電話：九五二四一二九

定價 精裝新臺幣三三〇元
平裝新臺幣二七〇元

中華民國八十三年八月修訂版

87006

ISBN 957-15-0592-7（精裝）
ISBN 957-15-0593-5（平裝）